생각의 기쁨

생각의 기쁨

유병욱 지음

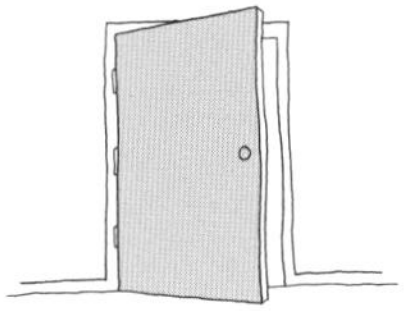

북하우스

차례

프롤로그

더 좋은 생각을 하고 싶은 당신에게

저는 생각하는 사람입니다. 그 생각을 종이 위에 쓰고, 판단하고, 그것을 바탕으로 새로운 무언가를 만들어내는 사람입니다. 그런 저를 광고회사에서는 CD(크리에이티브 디렉터Creative Director 또는 콘텐츠 디렉터Contents Director)라는 이름으로 부르죠.

CD라는 단어를 읽어봅니다. 왠지 음악 소리가 들리는 것 같기도 하고, 크리스찬 디올처럼 비싸고 반짝거리는 무언가가 떠오르기도 합니다. 네, CD는 있어 보이는 단어입니다. 그래서 제가 가진 것보다 저를 더 포장해주는 단어입니다. 남들에게 스스로를 CD라고 소개하면서도 가끔은 생각합니다. '세상에, 크리에이티브를, 디렉팅한다고? 내가?' 그래서 제가 정말 신뢰하는 누군가가, 네가 하는 일을 좀 알아듣기 쉽게 설명해달라고 하면 전 이렇게 대답할 겁니다. "결국은 생각하고, 쓰고, 판단하고, 만드는 일이야."

생각이 직업이다 보니, 어떻게 하면 좋은 생각을 할 수 있을지를 늘 생각합니다. 그러자 한 가지가 분명해지더군요. 좋은 생각에, 법칙 같은 건 없습니다. 당연한 일이죠. 법칙을 통해 좋은 생각이 나온다면, 그건 머지않아 누구나 낼 수 있는 평범한 생각이 될 테니까요.

하지만 또 한 가지 분명한 사실은, 평균 이상의 확률로 좋은 생각을 만드는 태도와, 과정과, 그 과정에서 오는 기쁨 또한 분명히 존재한다는 겁니다.

이 책은 제가 이제 겨우 밥값을 하는 연차가 되어 후배들을 만나면서, 그들에게 좋은 생각을 만드는 태도와 생각하는 기쁨에 대해 이야기하다가 저도 모르게 정리된 화두들을 모아 쓴 글입니다. 생각이 밥을 벌어주는 직업을 고른 이후 만난 많은 선배들이 말로, 글로, 몸으로 가르쳐준 노하우들을 저 나름의 방식으로 씹어 삼키고 소화한 결과물입니다.

그들이 전해준 충격과 기쁨이 글을 통해 조금이라도 전해지기를. 지금도 사방에 존재하는 생각의 스승들에게 마음으로부터의 깊은 감사를.

P A R T 1

더 좋은 생각을 위한 '기본'

"나는 깊게 파기 위해서, 넓게 파기 시작했다."

-스피노자

깊이와 넓이

직업이 직업인지라, 저는 문장을 자주 줍습니다. 그리고 간직합니다. 생각하는 과정은, 몸이 움직이는 과정과 똑같거든요. 먹어야 움직일 수 있는 것처럼, 읽어야 쓸 수 있습니다. 읽기 싫어하는 카피라이터? 전 단 한 명도 본 적 없습니다.

그래서 우연히 좋은 문장을 발견하면, 보약을 먹는 심정으로 어딘가에 간직합니다. 스마트폰 카메라로 찍든, 노트북 속에 폴더를 따로 만들어 저장하든, 급하면 냅킨에 적든 말이죠. 어딘가에 그 문장을 그대로 써먹거나, 살짝 바꿔서 요긴하게 활용하겠다는 생각은 1그램도 없습니다. 다만 그 순간, 그저 진심으로 감탄하는 거죠. '이 사람은 어떻게 이런 생각을 했을까? 그 생각을 어찌 이런 아름다운 단어와 구조에 담았을까?'라고 말이죠.

나라면 결코 쓸 수 없었을 것 같은 문장. 읽고 나면 한동안 주위가 정지화면처럼 느껴지는 문장. 자꾸 처음으로 돌아가 읽고, 다시 읽게 만드는 문장을 만났을 때, 제가 할 수 있는 일이란 많지 않습니다. 받아 적는 수밖에요. 원컨대 이 아름다운 문장을 비슷하게라도 쓸 수 있기를, 이 손댈 곳 없는 구조와 리듬이 키보드를 통해서라도 내게 전해지기를 바라면서 말이죠.

어느 날 이런 문장을 주웠습니다.

나는 깊게 파기 위해서, 넓게 파기 시작했다.

스피노자의 말이었죠. 제가 일하고 있는 회사는 창의력에 관심 있는 대학생들을 대상으로 '주니어보드'라는 교육 프로그램을 진행해오고 있고, 저도 여기에 재능기부의 형식으로 참여하고 있습니다. 스피노자의 이 문장은 주니어보드에 지원한 한 학생의 자기소개서 속에 적혀 있던 말이었죠. 한 줄의 글인데 꽤 오랜 시간 눈을 뗄 수 없더군요. 이런 게 좋은 문장의 마력 같습니다. 속으로 수십 번 생각했지만 명확하게 정리할 수는 없었던 어떤 생각의 덩어리에, 한 줄의 문장이 통과하는 순간, 모든 것이 분명해지는 거죠.

더 좋은 생각을 하고 싶은 사람들에게 '깊이'는 정말 중요한 단어일 겁니다. 깊이 있는 생각은 문제를 해결하고, 깊이 있는 연주는 그걸 알아보는 이를 전율하게 하고, 깊이 있는 문장은 잠시 책을 덮고 호흡을 가다듬게 하죠. 언뜻언뜻 드러나는 누군가의 깊이는 그 사람을 달라 보이게 합니다.

그래서일까요? 우리는 대체로 남들의 깊이를 부러워합니다. 독서의 깊이. 지식의 깊이. 그뿐인가요? 자동차에 대한 상식의 깊이. 여행지를 추천하는 그녀의 경험의 깊이. 술자리에 모인 사람들의 성향과 그날의 날씨에 맞게 적절한 안주를 골라 주문하는 친구의 내공도, '깊이'의 일종입니다. 깊이는 아름답습니다. 그리고 깊이는 매력적입니다. 그것은, 돈을 주고 살 수 있는 게 아니니까요. 깊이는, 반드시 어느 정도의 시간을 지불해야만 얻을 수 있는 것이니까요. 세상의 모든 맥주를 마셔보겠다며 전 세계 맥주의 병뚜껑을 모으는 동료 카피라이터의 뒷모습은, 그래서 경건해 보이기까지 합니다.

하지만 처음부터 깊은 사람이 있을까요? 어떤 분야에 한 '깊이' 한다는 사람도 처음엔 속이 훤히 들여다보이던 시절이 있었습니다. 이건 불변의 진리입니다. 다만 그는 어느 순간 자신의 관심을 끈 어느 영역을 골랐고, 시간을 들여 그 영역을 파 내려가기 시작했을 겁니다. 우리는 그 사람이 들인 시간(과정)은 볼 수 없으니, 그 사람이 보여주는 깊이(결과)에만 감탄하는 거죠.

제 얘기를 해보겠습니다. 저는 아직 깊이를 말하기엔 부끄러운 단계이지만, 한 사람이 한 영역에 흥미를 갖고 아래로 아래로 파 내려가는 과정을 보여드리는 '교보재'로 봐주시면 됩니다. 2003년의 일입니다. 초보 카피라이터이던 저는 창의력에 관련된 수업을 듣고 있었고, 개인 발표를 해야 했고, 발표 주제는 '아무거나, 그러나 당신의 마음에 드는 어떤 것'이었습니다. 상당히 무책임한 주제 아닌가요? 이 주제를 던진 강사는 지금처럼 대중들에게 알려지기 전의 박웅현 CD였고, 저는 '마음에 드는 아무거나'를 찾기 위해 일단 서점에 들렀습니다.

'아무거나'를 찾겠다는 아무 생각 없는 발길은 우연히 미술 코너에 닿았습니다. 당시의 저는 미술에는 아무런 조예도, 관심도 없는 평범한 이십대였습니다. 미술이 뭔가 있어 보인다는 생각은 늘 했었지만 말이죠. 그러다 우연히 불교미술에 대한 책을 보게 됐습니다. '사찰 장식, 그 빛나는 상징의 세계'라는 그럴듯한 제목이었죠. 전 종교는 없지만 인류학이란 학문을 전공한 이유로 종교라는 영역에는 늘 흥미가 있었습니다.

그래서 제 책상 파티션 벽은 늘 이런 모양입니다.

우연히 펼쳐본 책은 놀라웠습니다. 제가 살면서 별생각 없이 들렀던 산속의 건축물들에, 일종의 규칙이 있었더군요. 모든 절에는 부처를 모신 공간이 있습니다. 그 공간들은 법당, 대웅보전, 적멸보궁 등 다양한 이름으로 불리는데, 그 공간들에도 일정한 양식이 있더군요. 그것은 석가모니가 설법하던 당시의 공간을 상징적으로 재현해놓는다는 것이었습니다. 옛 문헌을 보면, 부처가 설법을 하던 어느 날 하늘에서 꽃비가 내렸다고 합니다. 아무 법당이나 들어가 부처의 머리 위를 보면 대부분 그 날의 꽃비가 나무조각이나 천장화의 형식으로 재현된 것을 볼 수 있을 겁니다. 말하자면, 문자에 익숙하지 않은 백성들도 부처의 가르침을 쉽게 배울 수 있도록, 미술이 '텍스트'의 역할을 하는 거죠.

'가람배치'라 불리는 사찰 안 건축물들의 배치도 흥미로웠습니다. 여기에도 규칙이 있습니다. 대부분 절의 초입엔 시냇물을 가로지르는 다리를 놓습니다. 그리고 방문자들의 동선을 조정해 절에 들어가려면 반드시 다리를 건너게 합니다. 이것은 절에 들르기 전, 속세의 때를 씻어내라는 뜻이라고 합니다. 다리를 건너고 '일주문'이라 부르는 절의 첫 번째 문을 지나면 험상궂은 남자 네 명이 서 있는 문을 지나게 됩니다. 통상 '사천왕문四天王門'이라 부르는 공간이죠. 이 공간의 목적은 절을 들르는 이를 따라다니는 악귀들이 문을 통과하면서 놀라 달아나도록 하기 위함입니다. 문 안쪽에 서 있는 네 명의 왕들이 최대한 험악한 표정을 짓고 무시무시한 무기를 들고 있는 이유죠.

사찰공간의 중심인 법당으로 향하는 길에서는 어김없이 종각을 만나게 됩니다. 부처의 가르침이 종소리처럼 세상에 널리 퍼지기를 기원하는 의미라고 하네요. 부처가 앉아 있는 법당 앞에 위치한 종각을 보며, 저는 그것이 부처 앞에 놓인 마이크 같다는 생각을 했습니다. 종각 근처엔 '목어木魚'라는 악기가 있는 경우도 많은데요. 잘 때도 눈을 감지 않는 물고기처럼, 진리 앞에 늘 눈을 감지 말라는 상징이라고 합니다.

말하자면 절은 건축물이면서, 엄청난 양의 상징과 기호의 덩어리였습니다. 이 사실을 알게 되자, 제게 놀라운 일이 벌어지더군요. 그저 '공기 좋은 곳에 있는 고즈넉한 건물'이던 전국 각지의 절들이, 순간 저의 해석을 기다리는 텍스트로 보이기 시작한 거죠. 장소가, 책이 된 겁니다. 건축가 서현 씨가 쓴 『건축, 음악처럼 듣고 미술처럼 보다』라는 책에서 '부석사는 경전이다. 공간으로 씌어진 경전이다'라는 표현을 본 적이 있습니다. 소백산 자락에 처음 부석사를 지어 올려야 했던 통일신라시대 건축가의 시점에서 본다면, 건물들의 배치 역시 종교적인 메시지였을 겁니다. 그러니 부석사 자체가 경전이 되는 거죠. 정말 절묘한 표현이 아닐 수 없습니다.

불교미술과 불교 건축양식이 흥미로워지자, 다른 종교미술도 궁금해지기 시작했습니다. 예전에 영국에서 2년 동안 공부한 적이 있었는데, 그때 틈날 때마다 런던의 웨스트민스터 사원이나 파리의 노트르담 성당, 빈의 슈테판 성당 같은 장소에 들렀습니다. 재미있게도, 우리나라의 절을 봤을 때와 비슷한 일들이 벌어지더군요. 아름다운 미술작품과 건축물에서 기능적인 노림수들이 보이기 시작했습니다. 문맹률이 높았을 중세의 유럽에서, 종교미술과 건축물이 일종의 그림책 역할을 하고 있었던 거죠. 성당 주위의 조각상이나 스테인드글라스가 실은, 글을 몰라도 이해할 수 있도록 직관적인 형태로 변형된 성경의 텍스트였던 겁니다.

말하자면, 스물 몇 해를 온통 텍스트 중심으로 살던 사람에게 건축과 미술 쪽 문이 열린 셈입니다. 첫 번째 문을 여는 것이 어렵지, 그다음 문 열기는 훨씬 쉽더군요. 미술에 흥미가 생기자 미술관이 재미있어졌습니다. 그림에 대한 관심도 조금씩 달라지는 게 느껴졌습니다. 쉽고 직관적인 르네상스 시대의 그림에서부터 시작해서 인상파로, 현대미술로 자연스럽게 관심이 넘어가더군요.

이 과정을 일명 '생각의 땅 파기'라 불러보겠습니다. 과연 서점에서 종교미술에 대한 책을 열던 그 시절의 제가, 이 영역의 땅을 깊이 파고들어가리라 예측할 수 있었을까요? 전혀 그렇지 않았습니다. 외려 생각의 땅 파기엔 아름다운 기억만 있는 건 아니었죠. 깊이가 생기는 경우보다는, 입구에서 몇 번 문을 두드려보고 포기한 경우가 훨씬 많았습니다.

'천문학, 있어 보이지 않아?'라는 생각에서 시작된 우주에 대한 관심은 칼 세이건의 『코스모스』 같은 책을 사게 만들었습니다. 제목만으로도 온 우주를 설명해줄 것만 같던 그 책은, 제 책장에서 몇 년간 존재감만 과시하다가 지금은 후배에게 무료로 분양되었습니다. 일본어를 배워보겠다는 몸부림은 사무실 책상 파티션의 히라가나 가타카나 표로 남아 있죠. 한때는 저 글자들을 다 읽고 쓸 수 있었는데, 지금은 그 지식들이 깨끗이 사라져버렸네요. 이젠 일본어를 전혀 모르던 시절처럼 뜻을 알 수 없는 미지의 기호로 읽힐 뿐입니다. 땅을 판다고 다 깊게 들어가지지 않고, 잠시 파고들어갔다 싶은 땅도 다시 쉽게 메워지는 거죠.

그러니 어쩌라는 걸까요? 생각의 땅 파기는 어차피 복불복이니 아예 시도조차 하지 말라는 걸까요? 아니요, 그 반대입니다. 어디가 깊게 들어갈 땅인지 모르니, 일단 '어느 곳이든' 파보라는 겁니다. 스피노자의 말처럼, 깊게 파려면 일단 넓게 파봐야 합니다. 그러다 보면 예상치 못한 어느 영역이 '쑥 내려가는' 경험을 하게 되고, 그 경험이 생각보다 짜릿하다는 걸 알게 되고, 그렇게 자신만의 깊이가 조금씩 생기는 거죠. 여유가 있을 때 여기저기 삽을 찔러보고, 의외로 깊이 들어가는 지점을 확인하고, 시간을 들여서 파 내려가는 거죠.

몇 번 땅이 쑥 내려가는 즐거움을 경험한 사람으로서 '생각의 땅 파기' 팁을 드리자면 이렇습니다. '이러이러한 것이 좋다더라' 하는 남들의 의견보다는 본인의 직관에 의지하는 편이 좋습니다. 이유 없이 마음이 가는 것, 꽤 오랜 시간 동안 나를 당겨온 것들에는 분명 이유가 있습니다. 이를테면 살면서 내 안에 쌓인 결핍이라든지, 본능적으로 끌리는 취향 같은 것들이요. 이런 것들이 어느 순간 '땅 파기'의 무서운 동력이 되는 경우가 많더군요. 그래서 남의 의견보다는 '내 생각'이 중요합니다.

다만 인생의 많은 부분들이 그렇듯이, '정말 믿을 수 있는 사람'의 조언은 따라볼 가치가 있습니다. 처음부터 파 내려가기가 재미있는 땅도 있지만, 처음엔 별로다 싶어도 누군가의 말을 믿고 조금만 파고들어가 보면 생각보다 흥미로운 땅도 분명 있으니까요. 생각을 닮고 싶은 선배나 동료가 있다면, 그가 깊이를 보여주는 영역을 따라 파보는 것도 좋습니다. 세상을 보는 관觀

이 비슷하다면, 생각하는 방식도, 흥미를 느끼는 부분도 비슷할 테니까요.

깊이는 그렇게 넓이에서 시작됩니다. 그리고 행여, 깊이가 생기지 않는다고 해도 어떤가요? 어쩌면 얕게 파고들어간 땅이 아주 많은 것도 또 다른 방식의 '깊이'이자 대단한 매력이 아닐까요. 무엇이든 물어보면 척척 대답해주던—하지만 그 말이 사실인지는 결코 알 수 없었던—막내 삼촌이 거부할 수 없는 매력을 가진 것처럼 말이죠.

"벽을 눕히면 다리가 된다."
- 안젤라 데이비스

충돌의 기쁨

놀라움은 낙차에서 옵니다. 놀라움은, 좀처럼 만날 일이 없었던 두 대상의 충돌에서 옵니다. 물을 예로 들어 설명해볼까요? 물은 높은 곳(A)에서 낮은 곳(B)으로 흐릅니다. A와 B의 높이 차이가 별로 없다면 물은 천천히 흐릅니다. A와 B의 높이 차이가 커질수록, 물의 속도는 빨라지겠죠. A와 B의 높이 차가 극단적으로 벌어질 때 생기는 자연현상이 폭포입니다. 강렬한 소리와 속도를 가진 폭포 말이죠. 낙차가 불러오는 강력한 힘은 생각의 영역에도 그대로 적용됩니다.

아주 오래전, '풀무원'이란 브랜드는 두부 광고를 만들면서 이런 헤드라인(인쇄광고에서 가장 잘 보이는 위치에 가장 큰 글씨로 쓰이는 문구)을 달았습니다. '성깔 있는 두부'. '두부'와 '성깔'이라니요. 당시에도 서로 잘 붙지 않는 단어였고, 그 이후에도 본 적 없는 만남입니다. 그래서 쉽게 잊히지 않습니다. 만난 적 없던 두 단어의 충돌에서, 강력한 한 줄의 카피가 탄생하는 거죠. '진심이 짓는다'라는 아파트 광고도 많은 분들이 기억하실 겁니다. 적어도 저 광고 이전에는, 광고에서 '진심'이란 단어는 많이 쓰이지 않았습니다. 그리고 진심에 '짓는다'란 단어가 붙은 적 또한 단 한 번도 없었을 겁니다. 그러니 두 평범한 단어의 합으로도 상당한 힘을 가진 슬로건이 완성되는 거죠. 누구도 붙일 생각을 하지 않던 단어의 합이었으니까요.

'벽을 눕히면 다리가 된다'라는 말을 들어보셨나요? 미국의 아프리카계 인권 운동가 안젤라 데이비스가 한 말입니다. 모두가 벽이라 믿고 있는 어떤 것. 그 벽을 눕힐 수 있다면, 그것은 열리지 않던 다른 세상으로 가는 다리가 될 수 있다! 사람의 마음을 뛰게 하는 아름다운 문장입니다. 저는 이 말을 이렇게도 해석합니다. '벽이라 생각하던, 불가능할 것만 같았던 무언가를 내 것으로 만들면, 그 낙차로 인해 놀라운 힘이 생긴다'라고 말이죠.

제게도 벽을 눕혀 다리를 만든 경험이 있습니다. 시작은 앞서 말씀드렸던 창의력 수업이었죠. 과제라는 이유로 글쟁이에겐 벽처럼 느껴지던 그림의 영역에 '충돌'하게 되었고, 그랬더니 텍스트만 가득했던 저라는 사람의 세상 앞에 비주얼적인 세상이 펼쳐졌습니다. 그리고 제게 찾아온 변화는 실로 짜릿했습니다. 무엇보다, 여행지에서의 일정이 달라지더군요. 어떤 일로든 낯선 나라에 가게 되면 일단 그 나라의 대표작들을 모아놓은 '내셔널 갤러리(국립미술관)'에 들르는 것이 습관이 됐습니다. 거기서 그 나라의 특유의 색감과 질감이 미묘하게 반영된 그림들을 감상하는 겁니다.

같은 동양이지만, 태국의 화가가 그린 그림의 색감과 중국의 그것은 상당히 다릅니다. 지역마다 쏟아지는 햇살의 강도가 다르고, 그로 인해 사물이 반사하는 빛의 양이 다르기 때문이라 추측합니다. 영국을 대표하는 화가 윌리엄 터너가 경계가 모호하고, 무채색의 비중이 높은 그림을 즐겨 그리고, 남프랑스에 머물렀던 고흐가 그토록 강렬한 컬러를 캔버스에 찍은 것도 같은 이유일 겁니다.

이렇게 미술이란 영역에 들어가본 경험은 제가 하는 일에도 도움이 됐습니다. 광고는 텍스트와 비주얼이 모두 중요하니까요. 시각적인 이미지를 직접 만들어내지는 못하지만, 적어도 좋은 비주얼을 판단하고 의견을 더할 수 있다는 것은 쏠쏠한 자신감으로 돌아왔습니다.

앞장에서 말씀드린 것처럼, 저는 광고회사에 다니면서 창의력에 관심 있는 대학생들을 대상으로 한 교육 프로그램에 멘토로 참여하고 있는데요. 여기서 만나는 후배들에게도 제가 겪었던 '충돌의 기쁨'을 느끼게 해주고 싶었습니다. 그래서 이 친구들과 친해질 때쯤 되면 꼭 던져주는 과제가 있어요. 이름하여 '벽' 과제입니다.

과제는 이런 식으로 진행됩니다. 먼저, 자신에게 어떤 '벽'이 있는지 찾아보게 합니다. 누구에게나 벽이 하나쯤은 있을 겁니다. 아니, 꽤 많을 겁니다. 그중에는 오랫동안 저 너머가 궁금했던, 하지만 두드려볼 '계기'가 없던 벽도 있을 겁니다. 저에게는 그것이 미술이었죠. 만약 지금의 제게 누군가가 벽을 고르라고 한다면, 미술에 흥미를 느끼면서 점점 더 궁금해진 '건축'이나, 늘 궁금하지만 선뜻 시도하지 못하는 '수영' 같은 주제를 고를 겁니다. 오직 바람과 돛, 그리고 육안으로 관측한 별의 위치만으로 바다 위를 움직이는 항해술도 요즘 들어 궁금해진 주제 중 하나입니다.

벽이라고 해서 늘 거창할 필요는 없습니다. 만화라는 장르가 익숙하지 않은 사람에겐 '마블 코믹스'도 벽으로 여겨질 테죠. 같은 맥락에서 재즈도, 클래식도, 운전면허도, 종교도, 세상의 그 어떤 것도 벽이 될 수 있습니다.

각자의 벽을 찾는 데는 2주 정도의 시간을 줍니다. 두 번의 주말을 끼게 하는 건 시간에 쫓기지 않고 자신의 벽이 무엇인지 충분히 생각할 시간을 주기 위해서 입니다. 후보가 될 만한 벽을 몇 개 정도 정하고 나면, 저와 일대일로 만나 10분 이상 대화를 나눕니다. 지금 가장 넘어뜨리고 싶은 벽은 무엇인지, 그 이유는 무엇인지. 그다음 지금 넘어뜨리면 좋을 벽 하나를 후배와 제가 함께 고릅니다.

선정의 기준은 간단합니다. 그 또는 그녀의 생각, 행동, 성향과 얼마만큼의 낙차가 있는 벽인가. '지금' 그 벽을 넘었을 때 가장 큰 기쁨 또는 시너지를 줄 벽은 무엇인가.

벽을 넘어선 과정과 그 결과에 대한 발표는 한 달 후에 이루어집니다. 저마다의 방법으로 벽에 부딪혀보고, 그 과정을 모아 모두의 앞에서 7분 정도 발표를 하는 거죠. 후배들에게 '벽' 과제를 내준 지도 어느새 5년이 되어가는데 이 시간은 늘 놀라움과 재미를 줍니다. 사람마다 벽이라고 생각하는 것들이 아주 다양하고, 그 벽들을 넘어뜨리고자 시도하는 방법들도 정말 다르거든요. 범죄심리학부터 법의학, 에스페란토어, 프랑스어, 수학, 노래 가사 쓰기, 물건 팔기, 피리 불기, 재즈 피아노 연주, 사주, 연기, 보컬 트레이닝, 비보잉까지 인상 깊은 벽들이 정말 많았습니다.

조지프 말로드 윌리엄 터너, 〈눈보라〉, 1842년, 런던 테이트 브리튼 갤러리.

빈센트 반 고흐, 〈삼나무가 있는 밀밭〉, 1889년, 런던 내셔널 갤러리.

그중 몇 가지 사례들을 이야기해볼까 합니다. 멘티 중에 광고기획자AE를 꿈꾸는 김윤하라는 학생이 있었습니다. 전공은 철학이었지만, 광고에도 큰 관심을 갖고 있었죠. 생각이 깊지만 센스도 있는 스타일이었습니다. 친해지면 자기 생각을 적극적으로 말하지만, 막상 친해지는 데에는 시간이 좀 걸리겠다는 첫인상을 받은 친구였습니다. 이 친구에게 '언젠가 넘어보고 싶은 벽'을 몇 개 생각해보라 했더니, 자신만의 이런저런 벽들을 설명하더군요. 그리고 마지막에 조심스럽게 꺼낸 벽이 있었으니, 바로 '폴댄스'였습니다.

아무렇게나 가져온 것 같지만 그럴 리 없었습니다. 경험상 무언가가 '벽'이 된 데에는 분명 이유가 있더군요. 그러고 보니 폴댄스는 필시 그녀가 넘어볼 만한 벽이란 생각이 들었습니다. 그녀가 되고 싶어 하는 광고기획자란 직업은 전략가의 자질이 필요함과 동시에, 사람도 많이 만나야 하는 자리입니다. 속으로 파고드는 내향성과 활발한 대인 관계를 맺기 위한 외향성이 동시에 필요한 직업이죠. 저는 이 학생이 지금 폴댄스라는 굉장히 낯선 벽을 두드려본다면, 그 벽을 넘어뜨리든 말든 상관없이 미래의 그녀에게 어떠한 방식으로든 도움이 될 거란 생각이 들었습니다. 폴에도 매달려봤는데 어떤 사람인들, 어떤 자리인들 낯설고 어색할까요?

우리는 그 자리에서 폴댄스를 넘어볼 벽으로 골랐습니다. 더불어서 저는 몇 가지 당부를 했습니다. '지금은 하겠다고 했지만 이 자리를 벗어나면 반드시 망설여질 것이다. 오늘 학원을 가서 수강증을 끊어라. 폴에 매달리고 멋있게 도는 건 하나도 중요하지 않다. 일단 지금 이곳과는 전혀 다른 질감의 공간과, 공기와, 소리의 울림 같은 것들을 몸으로 느껴봐라. 그게 큰 재산이 될 거다'라고 말이죠.

2주 후의 발표는 크게 인상적이지 않았습니다. 다만 그 시도는 칭찬해줄 만했습니다. 정말로 폴댄스 학원을 끊고, 두 번 정도 낯선 공간에서 낯선 무언가를 배워왔으니까요. 피드백 시간에 그녀에게 이런 말을 해줬습니다. 정말 중요한 건 지금부터니까, 과제가 끝났다고 그만두지 말고 몇 번이라도 더 다녀보라고요. 그럴 수 있다면 아마 너의 많은 부분이 바뀔 것이고, 나중에 광고기획자 일을 한다면 그 경험이 분명 엄청난 자신감을 줄 거라고요.

벌써 몇 년 전 이야기입니다. 아직도 이 친구와는 가끔씩 연락을 주고받습니다. 그녀는 제 조언대로 폴댄스 학원을 계속 다녔고, 그러다 보니 폴댄스의 매력에 빠졌고, 급기야 폴댄스 지도자 자격증까지 땄습니다. 그리고 놀랍게도—대학을 다니면서—폴댄스 강사가 되었습니다. 그것도 꽤 잘나가는 강사였다죠. 대학 졸업과 함께 광고업계에서 자신이 원하던 커리어를 시작하자 시간이 부족해서 강사는 그만뒀다고 합니다만. 사실, 폴댄스 강사를 직업으로 선택하지 않았다는 사실에 전 안도의 한숨을 쉬었습니다. 한 사람의 인생에 너무 적극적으로 개입해버린 것이 아닌가 싶어 두려웠거든요. 하지만 한 가지는 저도 확신합니다. 벽을 무너뜨리기 전의 그녀와 그 후의 그녀는 달라졌을 것이라고요. 그 변화의 낙차는 분명 그 친구가 세상을 대하는 자세와 생각하는 방식을 바꿨을 것이라고요.

광고기획자를 지망하던 천화은이란 친구도 특이한 주제를 가져왔습니다. 그 학생이 가져온 벽 후보 중에는 '모델'이 있었습니다. 키가 180센티미터로 꽤 큰 편인 그녀는 어릴 적부터 모델의 세계가 궁금했다고 합니다. 하지만 외고를 다니고 입시를 준비하면서 감히 그 영역을 두드려볼 생각을 못했다고 합니다. 충분히 그럴 수 있죠. 사실 다들 그렇게 살죠. 그 나이에 부모님 말씀을 거스르고 자기 하고 싶은 일을 한다는 건 쉽지 않으니까요. 그 친구의 벽 과제는 '한 달 동안 모델학원에 등록하고, 실제로 런웨이 워킹도 해보기'로 정했습니다. 그리고 한 달 동안 정말 진지하게 모델의 세계를 두드려보라고 했어요.

그런데 생각지 않은 곳에서 문제가 생겼습니다. 학생 신분으로 감당하기에는 모델학원비가 너무 비쌌던 겁니다. 결국 그 친구는 아르바이트로 돈을 모으기로 결심했고, 늘 하던 과외 대신 레스토랑 설거지 아르바이트를 선택합니다. 어렵게 돈을 모은 뒤엔 모델학원에서 간단한 오디션을 보고 합격 통보까지 받았는데, 알고 보니 모델학원 개강일이 벽 과제 발표 일정과 맞지 않았습니다. 좌충우돌이죠. 그래서 모델로 활동하는 분을 만나 인터뷰를 하고, 모델의 세계에 대한 자신의 생각과, 과제를 준비하며 느낀 점들을 정리해 발표를 마쳤습니다.

런웨이 워킹을 못했다고 해서 이 과제는 실패로 끝난 걸까요? 전 오히려 '머리'를 쓰던 영역의 그녀가 '몸'을 쓰는 일을 해본 것, 어릴 적 막연하게만 꿈꿔왔던 일에 실제로 가까이 가본 것, 이런 경험들도 그녀가 무너뜨린 벽이라고 생각합니다. 이때의 깨달음 때문인지는 알 수 없지만, 그 친구의 최근 소식을 들어보니 원래 지망했던 광고기획 분야가 아니라 카피라이터에 도전하는 중이라 합니다. 그뿐이 아니었습니다. 취미로 하던 수영을 깊게 파고들어 연습하고 또 연습하더니, 지난여름 전국 마스터즈 수영대회에서 은메달을 땄다고도 합니다. 자신을 둘러싼 벽들을 두드리고, 넘어뜨리는 모습들, 멋지지 않나요? 살아가면서 그녀가 만날 벽들이 모두 그녀의 생각대로 넘어가지는 않겠지만, 적어도 그 벽들을 마주할 때마다 그것이 생각만큼 육중하진 않다는 걸 느꼈으면 좋겠습니다.

벽 과제에서 만난 이야기들만 모아도 책 한 권이 만들어질 만큼 다양한 이야기들이 많습니다. 카피라이터를 지망하는 이은정이라는 후배는 '유도'라는 벽에 도전했습니다. 벽 과제를 발표하면서 그 후배가 한 말이 굉장히 인상적이었습니다. "노래를 부르고 싶으면 노래방이란 공간에 가는 것처럼, 평생 엎어치고 구를 수 있는 공간 하나를 얻었다는 사실에 가슴이 두근거린다." 머리를 쓰는 글쟁이에게 몸을 쓰는 유도는 꽤 큰 낙차가 있는 것이니, 유도의 경험은 그녀가 생각하는 근육을 지금까지와는 다른 방식으로 움직여줄 겁니다.

카피라이터를 지망하던 이준근이란 친구는 화가 '르네 마그리트'를 발표 주제로 정했습니다. 잘나가는 파워 블로거이기도 한 그에게 텍스트도, 사진도 아닌 '그림'은 너무나 먼 영역이었죠. 마그리트의 여러 작품을 소개하는 내내 그는 어느 때보다 흥미진진한 표정을 지었습니다. 부디 예전의 제가 경험했던 것처럼, 그에게도 그림이란 새로운 세상이 눈앞에 펼쳐지는, 짜릿한 순간이 찾아오길 바랍니다.

'아이디어를 잘 내려면 어떻게 해야 하죠?'라는 질문을 받을 때가 있습니다. 광고라는 업이 워낙 '생각'에 특화되다 보니, 아이디어가 툭툭 나오는 비법이라도 있는가 보다 하고 생각하시나 봅니다. 당연히 비법은 없습니다. 다만 경험으로 얻은 약간의 팁은 있습니다. 낙차를 만드는 겁니다. '하던 대로'의 방식에 약간의 변화를 주는 겁니다.

밤에 주로 아이디어를 냈다면 그 시간을 아침으로 바꿔봅니다. 사무실 책상에서 아이디어를 주로 냈다면 근처 카페로 나가봅니다. 늘 가던 카페가 이태원에 있다면, 조금만 시간을 더 내서 가로수길로 가봅니다. 회의실에서 팀원들과 브레인스토밍을 했다면 과감하게 근처 공원이나—더 과감하고도 뜬금없게—팥빙수 집에 가봅니다.

익숙한 공간에선 익숙한 아이디어가 나오더군요. 그런데 그 익숙함을 아주 조금만 바꿔도, 우리의 머리는 귀신같이 그 차이를 알아채고, 그동안 쓰지 않던 생각의 근육을 쓰기 시작합니다. 그러니, 낙차를 만들어보는 거죠. 매일 똑같은 상황에 놓인 나를 낯선 무언가와 일부러 충돌시켜보는 겁니다. 수력발전소를 돌리기 위해, 일부러 물을 높은 곳으로 끌어올리는 것처럼 말이죠.

"내가 멀리 볼 수 있었던 것은,
거인의 어깨 위에 서 있었기 때문이다."
- 아이작 뉴턴

거 인 의 어 깨

회사를 그만두고 유학생으로 살던 기간이 있었습니다. 치밀한 인생의 계획 아래 내린 결단은 아니었고요. 사실 좀 즉흥적인 판단이었습니다. 여자친구가 영국 유학을 준비하고 있었고, 그 와중에 그녀와 결혼을 결심하게 됐고, 두 사람이 회사생활을 하며 모은 돈으로 학비를 내면 그 후 생활은 어떻게든 가능하지 않을까 하는 매우 이십대스러운 판단을 내렸던 거죠. (그리고 그 이십대스러운 판단의 결과로, 영국에서는 상당히 검소하게 하루하루를 보냈던 기억이 납니다.) 친한 동료 카피라이터가 쓴 『지금이 아니면 안 될 것 같아서』라는 제목의 책이 있습니다. 생각해보면 당시 제 심정이 딱 그랬던 것 같습니다.

당연한 것들이 당연하지 않을 수 있음을 깨닫게 되는 것. 여행의 미덕입니다. 내가 사는 곳에서부터 물리적인 거리가 멀어질수록, 그리고 여행의 기간이 길어질수록 그런 감정을 느낄 일들이 더 많아지더군요. 알랭 드 보통은 『여행의 기술』에서, 도착한 도시의 공항 안내 표지판의 컬러 배색과 낯선 폰트를 보는 것만으로도 자신이 존재하는 공간이 완전히 달라졌음을 느낄 수 있다고 묘사한 바 있습니다. 저도 그와 비슷한 생각을 한 적이 있었습니다.

유학생활의 첫날, 짐을 바리바리 싸 들고 런던 히드로 공항에 도착했던 날을 기억합니다. 공항 창문으로 들어오는 햇빛의 질감이 좀 낯설었어요. 당시에는 그냥 기분 탓이라고만 생각했는데, 나중에 해외촬영 경험이 많은 동료와 이야기를 나눠보니 그게 그냥 그랬던 것이 아니었습니다. 광고회사의 제작 프로듀서PD는 낯설고도 강렬한 그림을 만들어내기 위해 세계 여러 나라를 돌아다니면서 로케이션 촬영을 진행하곤 하는데요. 그 동료 PD의 말에 따르면, 나라마다 도시마다 햇볕의 인상이 다 다르답니다. 왜일까요? 과학과는 전혀 관계없는 제가 과학적으로 추측해본 결과는 이렇습니다.

첫째, 위도에 따라 들어오는 햇빛의 양이 다르다. 둘째, 문화적인 또는 지질학적인 이유로 그 도시에 사는 사람들이 주로 사용하는 색이 다르다. (그 도시 주위에 많이 있는 돌의 색이 다르고, 그 도시의 구성원들이 믿는 종교가 선호하는 색이 다 다를 테니까요.) 셋째, 고로 반사되는 빛의 색감이 다르고, 전체적인 빛의 표정도 다르다.

다른 게 어디 빛뿐일까요? 낯선 나라에 도착해서 늘 느끼는 건 그곳의 낯선 냄새입니다. 전 이것이 그 도시에 사는 사람들이 애용하는 세제, 그러니까 사람들의 옷을 세탁하는 세제나 카펫을 청소하는 세제가 나라마다 다르기 때문이라고 추측해봅니다. 런던에 처음 도착한 날 공항에서 맡은 낯선 냄새를, 런던에서 2년 동안 살면서 다양한 공간에서 일관되게 맡게 되었거든요.

알랭 드 보통이 언급했던 것처럼, 공항의 표지판들이 주는 인상도 다 다릅니다. 문자 자체가 낯설기 때문이기도 하지만, 나라마다 공공장소에서 선택하는 서체의 스타일이 다른 영향도 있어 보입니다. 서체를 우왕좌왕 사용하는 나라가 있는 반면, 서체를 잘 활용하여 정리된 인상을 주는 나라도 있습니다. 그래픽 디자인이 발달된 영국은 후자였습니다. 저는 글자의 서체를 고르는 것은 목소리를 고르는 일이라고 생각합니다. 같은 문장을 침착하게 말할지, 진지하게 말할지, 담백하게 말할지, 농담처럼 말할지 선택하는 일이죠. 영국은 저를 처음 만난 그날, 매우 침착하고 단호한 목소리로 제게 말을 걸고 있었어요.

당연하다 생각하던 것들이 당연하지 않게 여겨지는 순간들은 이것 말고도 많습니다. 무엇보다 그 나라의 돈을 처음 쓰게 될 때 가장 절실하게 이 감정을 느끼게 되죠. 당장 공항에서 어딘가로 이동하려면 돈의 힘이 필요하고, 그러자면 그 나라의 돈의 구성부터 손에 익혀야 하니까요. 우리나라는 동전이 10원, 50원, 100원, 500원 네 종류이지만(실제 지불에 쓰이는 돈을 기준으로), 영국은 1페니, 2펜스, 5펜스, 10펜스, 20펜스, 50펜스, 1파운드, 2파운드까지 여덟 종류나 됩니다. 그중 2파운드 동전, 보신 적 있나요? 가장 비싼 동전답게 크기도 가장 크고, 금색과 은색이 섞여 살짝 있어 보이기까지 합니다. 2파운드 동전이 다른 동전들에 비해 유독 특이한 건, 동전의 옆에 글자가 새겨져 있다는 겁니다. 자세히 보면, 'standing on the shoulders of giants'라는 문구가 대문자로 새겨져 있죠. '거인의 어깨'라니! 이 문구를 2파운드 동전에서 처음 발견했을 때, 문구 자체의 낯섦에 놀라고, 그 말을 동전의 옆면에 새겨놓은 익숙하지 않은 발상에 한 번 더 놀랐던 기억이 납니다.

'거인의 어깨'의 정체에 대해 제대로 알게 된 건 이후로 꽤 오랜 시간이 지난 뒤의 일이었습니다. 알고 보니 이 문구는 아이작 뉴턴이 썼던 문장 중 일부를 발췌한 말이었더군요. 원문은 이렇습니다. "If I have seen further, it is by standing on the shoulders of giants." (내가 멀리 볼 수 있었던 것은, 거인의 어깨 위에 서 있었기 때문이다.) 영국이 낳은 대과학자의 문장을 파운드화 한쪽 면에 새겨놓은 것은, 사임당의 〈초충도〉가 5만 원권 지폐에 그려진 것과 같은 맥락이겠죠. 그러고 보니 영국의 세계적인 록밴드 오아시스Oasis의 앨범 중에 'Standing on the shoulder of giants'라는 제목이 있었던 기억이 납니다. 어쩌면 'on the shoulders of giants'라는 표현은 영어 문화권에서 우리 생각보다 훨씬 대중적인 문장인지도 모르겠습니다.

이 문장에 대한 저의 첫인상은 이랬습니다. '대과학자 뉴턴이 자신의 업적을 겸손하게 표현한 문장이구나.' 누가 봐도 아이작 뉴턴은 현대과학의 거인 같은 존재일 테니까요. 하지만 몇 권의 책을 통해 과학의 역사에 대해 어렴풋하게나마 알게 되면서 생각이 좀 달라졌습니다. '뉴턴의 저 말은 겸손이 아니구나. 팩트구나. 모든 진보는 앞선 거인들의 성취에 빚지고 있구나.'

폴란드의 천문학자 코페르니쿠스(1473~1543)의 지동설이 없었다면, 지구가 우주의 중심이 아니라 일부라는 생각도 없었을 겁니다. 우주는 여전히 신의 영역이었겠죠. 독일의 천문학자 케플러(1571~1630)가 생각해낸 행성운동의 법칙이 없었다면, 뉴턴(1642~1727)의 만유인력의 법칙도 입증되기 어려웠을 거라 합니다. 뉴턴이라는 거인도, 그보다 앞선 시대를 살았던 두 거대한 과학자의 어깨에 빚을 지고 있는 것이죠. 어느 영역의 어떤 천재들도, 혼자만의 힘으로 위대해지는 경우란 없습니다. 독학으로 거장이 된 사람이라 할지라도, 적어도 '책'의 도움은 받았을 겁니다. 말하자면, 글을 통해 공자와 맹자의 어깨 위에 올라가 세상을 보는 거죠. 세계적인 피아니스트도, 피아노 학원 시절이 있습니다. 세계적인 작가들의 초기 인터뷰를 보면 빠지지 않는 것이 자신의 글에 영향을 준, 동경하는 작가들의 이름이 적힌 길고 긴 리스트입니다.

그토록 대단한 사람들도, 자신의 시대를 앞서 살아간 거인들을 따라 하고, 그들의 성취를 흡수하는 단계를 밟다가 어느 순간 자신의 것을 찾게 된 것입니다. 그러니 평범한 우리들이 지금의 자신보다 조금 더 뛰어나지려면 어떻게 해야 할까요? 간단합니다. 복사기가 되는 겁니다. 부끄러워할 필요가 없습니다. 따라 하는 겁니다.

먼저 내가 관심을 갖고 있는 영역의 거인들을 고릅니다. 그들 중에서도 내가 정말 비슷해지고 싶은 거인을 정합니다. 그런 다음에는 최선을 다해 그를 따라 하고, 흉내 내고, 흡수하는 겁니다. 가능하다면, 거인의 근처로 가는 것이 가장 좋겠죠. 『미생』을 그린 윤태호 작가가 노숙 생활을 하던 중 근처에 만화가 허영만 선생이 살고 있다는 사실을 알게 된 후, 수소문 끝에 그의 집에 직접 찾아가 배움을 구하고 거절당하는 지난한 과정을 거쳐, 결국 선생의 문하생이 되었다는 일화처럼 말이죠.

거인의 근처로 갈 수 없어도 방법은 있습니다. 그가 하는 작업과 그의 철학이 담긴 메시지들을 모아 나만의 공간에서 따라 하는 겁니다. 마치 옆에서 배우는 것처럼 말이죠.

전 업계 사람들이 소위 말하는 메이저급 광고대행사(대기업 계열 광고회사나 광고취급액 기준 상위권 외국계 광고회사)에서 일을 시작하지 못했습니다. 하지만 내가 속한 회사의 규모보다, 명함에 적힌 '카피라이터'라는 직함이 더 중요해서 작은 회사에서 광고를 시작했죠. 규모가 크지 않은 회사는 연차에 비해 많은 기회를 얻을 수 있다는 확실한 장점이 있었습니다. 그러나 규모가 있는 대형 캠페인을 경험하기도 힘들다는 사실을 카피라이터 2년 차 무렵부터 피부로 느끼기 시작했습니다. 그즈음 우연히 듣게 된 수업이 앞서 말씀드렸던 한국방송광고진흥공사 KOBACO의 창의력 관련 수업이었고, 6개월 동안 진행된 그 수업의 코스 리더는 당시 제일기획에서 일하던 박웅현 CD였습니다. 당시에도 그의 카피는 많은 카피라이터들의 동경의 대상이었죠. 그의 팀에서 배우고 싶은 마음은 굴뚝같았지만, 세상일이 마음 같지는 않았습니다. 부끄럽지만 고백하자면, 저는 한동안 그의 팀에서 나오는 카피를 모아서 따라 썼습니다. 옆에서 배운다고 가정하고 말이죠. 물론 오직 한 사람의 거인만 따라 한 것은 아닙니다. 이 회사에서 뛰어나다는 그 거인, 저 회사에서 이름을 날리는 또 다른 거인의 카피들을 두루 따라 써보았습니다. 따라 하고 베껴 쓰다 보니 아주 느리지만 조금씩 제가 만들어져간다는 느낌을 받았습니다. '아! 나는 이 부분에서 저 거인과 비슷해질 수 있지만, 저 부분에서의 차이는 영원히 좁힐 수 없겠구나.' '하지만 어쩌면 바로 그 점 때문에 나는 저 사람들과는 다른 '나'일 수도 있겠구나.' 막연하게 이런 생각들을 하면서 말이죠.

국립현대무용단을 이끄는 예술감독 안성수 씨의 인터뷰에서 이런 문장을 본 적이 있습니다. '자신의 틀이 정립된 사람만이, 결국 틀을 깰 수 있다.' 기존의 틀을 파괴하는 대단한 업적도, 일단 틀을 만든 다음에나 가능하다는 겁니다. 아마 우리가 아는 어떤 거대한 이름들도, 복사기의 시절을 거쳤을 겁니다. 그러니 우리처럼 평범한 사람들은 부끄러워할 이유가 없습니다. 따라 하는 거죠. 그렇게 천천히 '나'라는 뼈대를 세우고, 여기저기에서 떼어온 좋은 생각들과 노하우들을 붙여 살을 만드는 겁니다. 그리고 시간의 검증을 받는 겁니다. 내게 맞는 것들은 단단하게 뼈대에 붙을 것이고, 그렇지 못한 것들, 내 능력 밖의 것들은 자연스럽게 뼈대에서 떨어져나가겠죠. 그 작업을 반복하다 보면, 자연스럽게 내가 누구인지 말하게 될 날이 올 겁니다. 혹시 아나요? 운이 좋다면 나 또한 거인의 뒷모습을 하고 있을지. 그리고 언젠가, 누군가 나를 복사하고, 내 어깨 위에 올라 더 멋진 무언가를 만들어낼지.

"인생은 결국,
어느 순간에 누구를 만나느냐다."
- 유병욱

만남과 성장

출근길이었습니다. 그날로부터 일주일쯤 뒤엔 짧은 강의가 예정되어 있었습니다. 6개월 동안 함께 한 주니어보드 후배들의 수료식을 앞둔 시점이었고, 제게 한 시간 정도가 주어졌죠. 기왕이면 후배들에게 의미 있는 이야기를 해주고 싶었습니다. 문득 저는 궁금했습니다. 그 시절의 나를 다시 만난다면 나는 무슨 얘기를 건네고 싶을까?

그렇게 고민하며 걷던 출근길이었습니다. 지금의 나를 만든 변화에 대해 생각해봤습니다. 의욕은 넘치는데 능력은 부족하던 시절이 있었습니다. 디자이너 선배가 쓴 카피가 카피라이터인 내 것보다 훨씬 좋다는 사실을 깨닫고는, 내게 정말 카피라이터로서의 재능이 있는 걸까 고민하던 시절이 있었습니다. 여러 사람들 앞에서 아이디어를 발표할 때 생각보다 울렁증이 심하다는 사실을 깨닫고, 나는 글을 쓰는 카피라이터는 할 수 있겠지만, 프레젠테이션을 하는 크리에이티브 디렉터는 할 수 없겠구나 하고 진지하게 고민하던 시절이 있었습니다. 어떻게 그 고비들을 넘어 여기까지 왔나 생각하다 보니, 머릿속에 문장 하나가 떠오르더군요.

인생은 결국, 어느 순간에 누구를 만나느냐다.

부모를 잘 만나야 한다거나, 배우자를 잘 만나라는 얘기가 아닙니다. 제가 말하고 싶은 '인생'은 좀 더 좁은 의미입니다. 사람의 '생각'도 태어나고 자라서 성숙한다고 보면, 여기서 제가 말하는 인생이란 '생각의 인생'에 더 가까울 것 같습니다. 누군가가 던진 한마디가 머릿속에 깊숙이 박히고, 그것이 방향타가 되어 내가 생각하던 방향과 방식이 서서히 바뀌던 경험, 누구에게나 있을 겁니다. 저 역시 살면서 인생의 몇몇 지점에서 깊은 영향력을 주는 사람들을 만났고, 그들의 말에 귀 기울이다 보니 제가 조금씩 변하는 느낌을 받았습니다. 만남 뒤에, 성장이 있었던 거죠. 똑같은 흙을 사용해도 그것을 매만지는 도공의 손길에 따라 도자기의 형태가 달라지는 것처럼, 누군가와의 만남은 천천히, 하지만 결정적으로 저를 바꿔갔습니다.

한 가지 흥미로운 점은, 인생에서 만난 '누구'가 반드시 사람인 것은 아니었다는 겁니다. 누구는 책이기도, 영화이기도 했습니다. 만화 『슬램덩크』이기도, 겸재 정선이기도, 보티첼리의 그림이기도 했습니다. 당연한 일입니다. 누군가 혼신의 힘을 기울여 만든 콘텐츠는 곧 그 사람(창작자)의 총체일 테니까요. 그렇게 저는 고등학생 때 『슬램덩크』의 작가 이노우에 타케히코를 만나고, 2년 차 카피라이터일 때 겸재 정선을 만났던 겁니다. 저란 사람의 '생각의 인생'을 바꾼 몇 번의 만남을 이야기해볼까 합니다.

신입 카피라이터 시절, 소설가 김훈의 문장을 접하고는 제가 생각하는 이상적인 카피에 대한 기준이 바뀌는 경험을 했습니다. 글이라는 '바다'가 있고 유병욱이라는 '배'가 있다면, 김훈의 문장은 그 배의 방향타를 살짝 꺾어놓은 거죠. (대체로, 초반의 '살짝'은 후반에 엄청난 차이를 부르죠.) 오래전 저희 팀에 인턴으로 있었던 강소희라는 친구에게 김훈의 책을 추천했더니, 지금까지 자신이 읽어온 책과는 문장의 밀도가 많이 다르다고 하더군요. 지금까지 자신이 자주 읽던 책이 '라테'였다면,

김훈의 글은 '에스프레소' 같다고도 했습니다. 그래서 하루에 여러 장을 못 읽겠다고 하더군요. 정말 절묘한 비유라고 생각합니다.

김훈이 쓴 이순신 이야기, 『칼의 노래』를 읽으면 문장 한 줄 한 줄의 밀도가 대단합니다. 그리고 그 밀도를 얻기 위해 작가는 묘사의 많은 부분을 생략합니다. 예를 들면 이런 식입니다. 경상 우수사 '배설'이라는 자가 탈영합니다. 배설은 우리가 잘 아는 이순신 이야기의 악역 담당인 '원균'의 부하입니다. 그는 칠천량 전투에서 적들에게 포위되자 전선 열 척을 빼내 몸을 숨겼습니다. 왜적들의 상륙이 임박한 한산 통제영에 불을 지른 전적도 있었습니다. 죽어 마땅한 자이죠. 하지만 전선 한 척 한 척이 중요하던 때, 그가 숨긴 열 척 전선의 위치를 꼭 알아내야 했기에 이순신은 그를 즉각 처벌하지 못합니다. 그가 탈영한 날, 이순신은 군사를 풀어 그를 추격하지만 끝내 잡지 못하죠. 그날 밤 남원이 함락되고, 조선 관민 4천 명이 전멸합니다. 그날에 대한 김훈의 묘사입니다.

> 남원을 무너뜨리고 나서 육지의 적들은 전주로 향했다. 밤새 바람이 불었고 새벽에 비가 내렸다. 배설을 잡지 못했다. 저녁 때 여종을 불러서 머리의 서캐를 잡게 했다. 밤새 혼자 앉아 있었

다. 배설을 잡지 못했다.

–『칼의 노래』, 김훈, 문학동네

그가 얼마나 속이 상했는지를 말해주는 대목은, '밤새 혼자 앉아 있었다'라는 문장뿐이지만, 이 한 줄만으로도 이순신의 깊은 분노가 느껴집니다. '배설을 잡지 못했다'는 객관적인 사실을 두 번 반복했을 뿐인데, 그것만으로도 이순신의 살기가 전해지는 듯합니다. 잡아 죽여야 할, 서캐라는 대상을 일부러 문맥 속에 넣은 부분도 강렬합니다. 15초라는 좁은 공간에서 승부를 내야 하는 카피라이터에겐 긴 이야기를 짧지만 강력하게 전할 수 있는 '문장의 밀도'가 필수입니다. 김훈의 글은 그 밀도가 이렇게 아름다울 수 있다는 걸 당시의 어린 제 앞에 펼쳐주었습니다. 김훈의 글을 만난 이후, 밀도는 제 오랜 숙제가 된 거죠.

그리고 그보다 조금 시간이 지난 시점에서, 소설가 박민규의 문장을 만났습니다. 그의 글을 접한 건 『삼미 슈퍼스타즈의 마지막 팬클럽』이란 책이 처음이었지만, 제가 제대로 그에게 반한 것은 『카스테라』라는 소설집을 읽고 나서였어요. 「고마워, 과연 너구리야」, 「그렇습니까? 기린입니다」가 단편들의 제목입니다. 범상치 않죠? 문장은 상상력과 위트가 넘치지만, 내용은 명예퇴직당한 중년 남성, 지하철에서 푸쉬맨으로 일하는 고등학생같이 사회 바깥으로 밀려난 이들의 이야기를 다루고 있습니다. 문장의 리듬감도 김훈과는 정말 다릅니다. 「카스테라」라는, 이 소설집의 표제작이기도 한 단편의 첫 문장을 보실까요?

이 냉장고의 전생은 훌리건이었을 것이다.

–『카스테라』, 박민규, 문학동네

이 단편은 엄청나게 시끄러운 냉장고와 원룸에서 함께 사는 한 남자의 이야기입니다. 냉장고를 훌리건에 비유하다니요. 이런 대목도 나옵니다.

냉장의 세계에서 본다면
이 세계는 얼마나 부패한 것인가.

진지한데 웃깁니다. 하나하나 뜯어보면 이 문장 속에 웃기는 단어는 한 글자도 없는데 말이죠. 박민규의 문장을 만나고 나서는 무거운 내용을 가볍게 이야기할 때 생기는 장점에 대해 생각하게 됐습니다. 그러고 보니 사람을 오래도록 웃게 하는 건, 슬랩스틱보다 위트더군요. 박민규를 만난 이후 문장의 '위트'도

밀도처럼 제가 쓰고 싶은 카피의 중요한 기준이 되었어요. 또 다른 방향 전환이 이루어진 거죠.

이번에는 그림 얘기를 해볼까요? 피렌체의 우피치 미술관에 갔다가, 보티첼리의 그림에 반하게 됐습니다. 이탈리아 태생의 산드로 보티첼리는 르네상스 시대의 화가입니다. 많은 사람들에게 알려진 보티첼리의 대표작은 그 유명한 〈비너스의 탄생〉이죠. 〈비너스의 탄생〉은 실제로 보면 미술책이나 컴퓨터 화면에서 보던 그림보다 몇 배나 더 아름답습니다. 인터넷으로 검색해보니, '실제로 보면 훨씬 아름다운 그림 베스트' 같은 리스트에도 이름이 올라 있더군요. 하지만 보티첼리에 대한 저의 사랑이 시작된 건 외려 〈비너스의 탄생〉 근처에 있던 다른 그림, 〈프리마베라〉였습니다.

미술관에서 보티첼리의 그림 앞에 한참을 앉아 있다가 돌아오면서, 대체 나는 왜 500년도 더 된 이 그림에 이렇게도 매혹되었을까 생각했습니다. 놀랄 만큼 아름다운 색감 때문일까요? 사랑에 빠진 순간의 표정들에 담겨 있는 사랑스러움 때문일까요? 〈프리마베라〉의 왼쪽에서 세 번째 여인이 왼쪽의 첫 번째 남자를 보는 표정을 한번 들여다보세요. 누가 봐도 사랑에 빠진 순간입니다. 아니나 다를까. 그림의 중앙 상단을 보면 그녀에게

활을 쏘는, 사랑의 신 큐피드의 모습이 보이네요. 재미있는 것은 큐피드가 눈을 가리고 있다는 사실입니다. 말하자면, 그녀와 그는 신들이 운명적으로 결정해준 짝이 아니라는 겁니다. 오히려 그 시간, 그곳에 있었다는 이유로 이유 없이 사랑은 시작되고, 그래서 사랑은 어쩌면 랜덤(무작위)이라는 겁니다. 보티첼리의 해석은 우디 알렌 감독이 자주 다루는 사랑에 대한 냉소를 떠오르게 하더군요. 〈환상의 그대〉(You will meet a tall dark stranger, 2010)라는 영화를 보면, 일상이 권태롭던 한 남자가 건너편 집에 새로 이사온 빨간 드레스를 입은 여자에게 강렬하게 끌리는 장면이 나옵니다. 그는 결국 아내와 이혼을 하고(!) 빨간 옷의 그녀와 결혼하죠. 그리고 영화의 끝부분입니다. 그는 건너편 집(이제는 자신의 새 신혼집)에서 원래 자기 집을 바라봅니다. 그곳에서 바라본 자신의 전 아내도, 놀랍도록 아름답습니다. 사람이 누군가에게 강렬한 매력을 느끼는 건, 그녀가 '건너편 그녀'이기 때문이라는 거죠. 사랑의 시작은 운명이 아니라, 상황이라는 겁니다.

보티첼리의 〈프리마베라〉를 만난 당시, 저는 런던에 살고 있었던 터라, 이후 영국과 프랑스의 미술관에 흩어져 있는 그의 작품들을 일부러 찾아다니며 보았습니다. 몇 개의 작품을 보고 나서 느낀 보티첼리의 가장 큰 매력은, 그의 그림이 묘하게 '현대

산드로 보티첼리, 〈프리마베라〉, 1470년대 후반~1480년대 초반, 피렌체 우피치 미술관.

어도비 사의 일러스트레이터 프로그램의 커버.

적'이라는 점이었습니다. 500년도 넘은 그림인데, 마치 2000년대의 일러스트 작품 같지 않나요? 외곽선이 명확해서 왠지 만화 같은 느낌을 주기 때문일지도 모르겠습니다.

실제로 얼마 전까지 어도비Adobe 사의 이미지 편집 프로그램인 일러스트레이터를 실행시키면 놀랍게도 첫 화면에 보티첼리의 〈비너스의 탄생〉 그림 속의 비너스가 떴다가 사라졌습니다. 21세기의 프로그램에, 15세기의 그림이 뜨는데, 전혀 촌스럽지 않았습니다. 처음 일러스트레이터에 보티첼리의 비너스를 넣기로 결정한 사람은 누구일까요? 그분과 맥주라도 한잔하며 저와 비슷한 생각으로 이 그림을 넣었는지 묻고 싶네요.

어떤 콘텐츠는 5년만 지나도 촌스럽게 여겨지고 다시 보고 싶지 않은데, 시간을 뛰어넘는 이 르네상스 시대 화가의 매력은 무엇일까요? 오래도록 사랑받는 것들의 힘은 어디에서 오는 걸까요? 유행을 이기는 콘텐츠란 과연 어떤 것일까요? 보티첼리가 던진 이 질문은 제가 지금도 고민하는 화두입니다.

'인생은 결국, 어느 순간에 누구를 만나느냐다'라고 말씀드렸습니다. 우리는 오늘도 수많은 '누구'를 만납니다. 사람인 '누구'를 만나고, 책과, 블로그와, 사진과, 그림과, 영화와 음악을 통해 '누구'를 만납니다. 그리고 누구를 만나는지 만큼 중요한 것은, '어느 순간'에 만나느냐 입니다. 내가 얼마만큼 준비되어 있느냐에 따라 만남의 결과가 달라지기 때문이죠.

어릴 적 사냥하듯 읽은 책들을 나이가 들어 다시 읽고는, 내가 읽었던 그 책이 이렇게 좋은 책이었나 싶던 경험이 있으실 겁니다. 수학여행 때 갔던 여행지를 다시 가 보고는, 이 아름다운 곳에서 열일곱의 난 대체 무얼 보고 돌아왔나 싶던 순간도 있었을 겁니다. 평소엔 아무렇지 않게 흘려 듣던 유행가도 실연당하고 난 뒤에 들으면 눈물을 펑펑 쏟게 만드는 법입니다. 준비가 되지 않으면, 만남은 흔적 없이 사라집니다. 슬프게도 대부분의 경우가 이렇죠.

하지만 준비가 되었을 때의 만남은, '버튼'을 누릅니다. 우리 마음속 어딘가에 있는 '스위치'를 켭니다. 그리고 변화가 시작되죠. 변화는 가끔 모터보트처럼 순식간에 나타나지만, 대개는 함대처럼 천천히 방향을 바꿉니다. 그래서 단기간에는 그 변화가 눈에 잘 띄지 않지만, 시간이 흐른 뒤 돌아보면 그 변화의 시점은 반드시 존재하더군요.

문제는, 어떤 만남이 나를 어떻게 변화시켰는지는 변화가 끝난 다음에야 알 수 있다는 겁니다. 그러니 별수 있나요? 무엇이든 최대한 많이 만나는 겁니다. 어떤 만남이 나를 변화시킬지는 불명확하지만, '만남이 있어야 성장이 있다'는 사실만큼은 명확하니까요. 사람을 만나고, 영화를 만나고, 만화를 만나고, 책을 만나는 겁니다. 생각의 성장이 집중되는 인생의 어느 시점이라면 더더욱 그래야겠죠. 결과를 예측할 수 없는, 그래서 더 흥미진진한 만남들. 행운을 빕니다.

"별이 태어나려면 혼란이 있어야 한다."
-프리드리히 니체

생 각 의 연 료

좋은 생각이 떠올랐던 순간들, 있으시죠? 언제였나요? 어디서였나요? 좋은 생각이 떠오르던 시간과 장소에 패턴이란 게 있다면, '생각의 법칙' 같은 걸 발견할 수도 있을 텐데요. 하지만 아무리 돌아봐도, 괜찮은 생각이 태어나는 정해진 장소나 시간은 없는 것 같습니다. 오히려 좋은 생각은 샤워를 하던 중에, 지하철 3호선으로 갈아타려던 중에 찾아오더군요. 혹은 불면의 밤 어느 한구석에서 기다리고 있기도 하고요. 물론 아주 가끔 사무실 제 자리에 찾아온 적도 있습니다만, 점심 먹으러 가는 길 엘리베이터를 타려고 기다리고 있을 때나, 팀원들과 이야기를 주고받다가 갑자기 찾아오는 경우가 더 많았던 것 같습니다.

네. 장소나 시간적인 부분에서의 공통점은 없습니다. 다만 좋은 생각이 떠오르기까지, '흐름'상의 공통점은 있었습니다. 본격적인 생각을 앞두고 머릿속에는, 해결해야 할 문제와 생각할 거리들이 두서없이 자리를 잡고 있었어요. 마치 불씨를 기다리는 땔감처럼요. 그리고 그 위에 의도했든 의도하지 않았든 영감이라는 '스파크'가 튀깁니다. 스파크는 땔감에 불을 붙이기도 하고, 시시한 연기만 내고 사라지기도 합니다. 이 부분은 뇌 속에서 벌어지는 일이니 제가 과학적으로 설명할 순 없겠죠. 하지만 한 가지 확실히 말씀드릴 수 있는 것은, 문제를 해결하기 위해 머릿속에 집어넣어둔 생각할 거리라는 '연료'와 함께, 제가 살면서 쌓아둔 이런저런 지식과 경험이라는 '보조연료'가 생각의 발화, 방향, 그리고 크기에 중요한 역할을 했다는 겁니다.

독일의 철학자 니체는 이런 말을 한 적이 있다고 합니다.

별이 태어나려면 혼란이 있어야 한다.

글의 원전을 읽지 못해 이 문장이 쓰인 맥락은 사실 잘 모르겠습니다만, 이 문장을 제가 '생각'이라는 관점으로 다시 읽어본 결과는 이렇습니다.

별이 태어나려면 '정체를 알 수 없는 우주먼지들의 덩어리에 빅뱅이라는 강력한 스파크가 필요한 것처럼, 좋은 생각이 태어나려면 수많은 시행착오 끝에 우리 안에 쌓인 경험과 지식과 지혜의 덩어리들이 미리 준비되어' 있어야 한다.

생각의 탄생을 위해 미리 준비되어 있어야 하는 혼란. 우주먼지처럼 뒤죽박죽인 채로 쌓여 있는 나의 경험과 지식들. 이것이 흔히 말하는 '인풋input'일 겁니다. 제 경험에 비추어 보면, 이런 인풋들이 많이 쌓여 있는 사람이 좋은 생각을 꾸준히 내놓는 경우가 많았습니다. 남들의 아이디어와 나의 아이디어를 달라 보이게 하는 것도 바로 내 안에 쌓아둔 인풋들의 힘이겠죠. 그러니 평소에 꾸준히, 적금을 드는 심정으로 자기만의 인풋을 쌓아두는 게 중요할 겁니다.

사람들은 저마다 지적 호기심을 채우는 각자의 방법이 있을 겁니다. 대단한 건 아니지만 제게도 나름의 방법이 하나 있습니다. 시간이 날 때, 아무 목적 없이 이 콘텐츠에서 저 콘텐츠로 떠돌아다니는 겁니다. 파도타기를 하는 것처럼 말이죠. 파도를 탈 때는, 기왕이면 서로 다른 분야를 왔다 갔다 하는 것이 도움이 됐습니다. 다음은 약간의 샘플입니다.

시작은 자동차 잡지

아이가 생기면서 자동차를 보는 관점도 달라졌습니다. 그전에는 낮은 자세로 부드럽게 달리는 세단에만 관심이 있었는데, 점점 높은 위치에서 전방을 내려다보며 네 바퀴로 바닥을 움켜쥐는 SUV가 눈에 들어왔습니다. 아이와 함께 들로 산으로 나갈 일이 많아지는 부모들이 대체로 이런 변화를 겪더군요. 저는 광고회사에 다니고 있다 보니 사내 곳곳에서 잡지를 굉장히 흔하게 만나곤 하는데요. 자동차에 관심이 생겼기 때문인지 평소엔 있는 줄도 몰랐던 자동차 잡지를 언젠가부터 펼쳐 보기 시작했습니다.

그다음은 오디오 튜닝 기사

SUV를 알아보겠다고 집어든 잡지였지만, 눈에 들어오는 건 음악 특집기사였습니다. 사람은 원래 같은 걸 봐도 자기가 보고 싶은 것만 보는 경향이 있죠. 제 시선을 끈 기사는 자동차 내부의 스피커 시스템을 특정 브랜드로 바꾼 후의 청음기였습니다. 새로운 오디오가 튜닝된 차 속에서 이러이러한 음악을 틀었더니 그곳이 바로 천국이더라 하는 게 그 기사의 요지였습니다. 그런데 그 기사 속에 제가 잘 모르는 가수의 이름이 언급되어 있더군요. 여기서 제 의지가 개입됩니다. 곧바로 스마트폰에

깔아둔 음악 앱에서 그 가수의 이름을 검색해보고, 그의 음악을 듣기 목록에 넣어두었습니다. 다음 날 출근길에 들어보기 위해서였죠. 파도타기가 시작된 겁니다.

몰랐던 재즈 뮤지션과의 만남

그렇게 알게 된 미국의 재즈 가수 그레고리 포터Gregory Porter는 2016년 가을 내내, 제 귀를 행복하게 만들었습니다. 늦가을의 출근길. 신사역 8번 출구 에스컬레이터 위에서 그의 〈Liquid Spirit〉을 처음 들었는데요. 순간 제가 출근하는 중인지 퇴근하는 길인지 헷갈릴 정도로 짜릿했던 기억이 납니다. 같은 남자인 제가 들어도 자꾸만 더 듣고 싶어지는 근사한 목소리였죠. 잘 조율된 콘트라베이스가 인간으로 다시 태어난다면 아마 그레고리 포터처럼 노래하지 않을까 싶었습니다.

검색창에 이름을 쳐보니 그는 얼마 전 한국에서 첫 번째 콘서트를 하고 돌아갔다더군요. 그래도 어쩌겠습니까. 시작된 '덕질'은 멈출 수 없는 거죠. 그레고리 포터에게 마음을 뺏긴 저는 그에 대한 정보 사냥을 시작합니다. 그중에는 2014년 그래미 어워드에서 베스트 재즈 보컬 앨범상을 받았다는 정보도 있었습니다. 좋은 상을 받은 목소리라 하니, 더 좋게 들립니다. 그렇게 며칠 동안 제 출근길 플레이리스트는 포터 아저씨에게 점령

2014년 그래미 어워드 베스트 재즈 보컬 앨범상은
이렇게 귀여운 빵모자를 쓴 분이 가져가셨다고 합니다.

당합니다.

그렇다면 여자 보컬은?

빵모자 아저씨에게 푹 빠져서 며칠을 보내고 나니, 갑자기 이런 생각이 들었습니다. 그래미 어워드 베스트 재즈 보컬 앨범상을 받은 남자가 이렇게 매력적이라면, 그 상을 받은 여자 가수는? 이렇게 관심의 방향을 살짝 바꿔봅니다. 또 다른 파도를 일으켜보는 거죠. 예전 같으면 음악 잡지를 사 모으고, 매일같이 음악 방송을 들어야만 얻을 수 있는 고급 정보들을 이제는 너무나 간단하게 구할 수 있는 세상입니다. 검색창에 '그래미 어워드 베스트 재즈 보컬 앨범상'을 치면 연도별로 정리된 수상자 리스트부터 특정 아티스트에 대한 팬심 가득한 글까지 다양한 정보를 찾아볼 수 있습니다. 검색 결과, 에스페란자 스팔딩Esperanza Spalding이란 이름이 자주 보이네요. 이름이 자주 보인다는 것은 대중들의 사랑을 많이 받는다는 말. 다시 말해 검증된 콘텐츠라는 이야기입니다.

제가 다니는 회사의 전 대표님께서는 이런 말씀을 하신 적이 있습니다.

1000만 관객 영화는 내 취향이 아니더라도 찾아서 본다. 어쨌거나 그 속에는 이 시대 사람들이 원하는 무언가가 담겨 있을 테니까.

광고인들에게는 오늘을 사는 사람들이 무엇을 원하는지를 알고 있는 것이 정말 중요합니다. 바로 그 지점에서 사람들의 마음을 움직이는 좋은 생각이 태어나는 경우가 많으니까요. 대표님의 말씀엔 크게 공감되는 바가 있었고, 그래서 그 말을 들은 이후엔 제게도 변화가 생겼습니다. 다수의 사람들이 찾는 콘텐츠는 취향에 관계없이 찾아보려고 노력하게 된 거죠. 그렇게 에스페란자 스팔딩도 저의 새로운 인풋이 되었습니다. 정말 궁금하더군요. 사람들은 그녀에게서 어떤 매력을 느꼈던 걸까요?

그녀는 매력적인 보컬이지만 뛰어난 연주자이기도 합니다. 자기 키보다 큰 콘트라베이스 연주가 전공이랍니다. 일반 대중들에게는 조금 낯선 콘트라베이스라는 악기를 연주한다는 사실이 그녀를 스타일리시하게 느껴지게 합니다. 외모도, 옷차림도, 대중들이 사랑할 만하더군요. 더 알아보니 어린 나이에 베이스 연주의 천재라는 소리를 들었고, 의류 브랜드 갭GAP의 광고모델도 했으며, 지금은 버클리 음대 교수로 재직 중이라 합니다. 2009년 버락 오바마 대통령이 노벨평화상을 받을 때, 시상

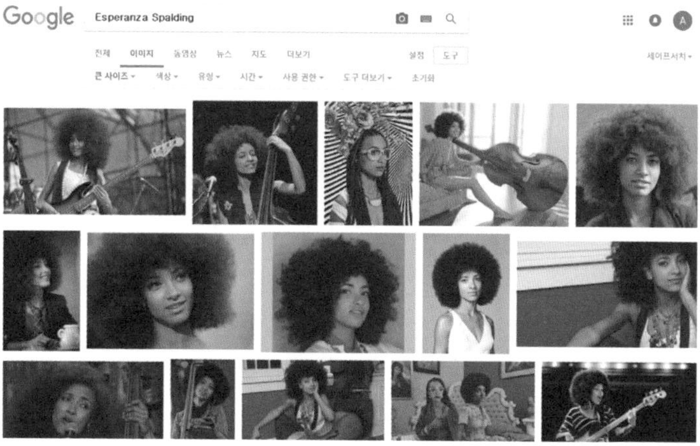

2013년 그래미 어워드 베스트 재즈 보컬 앨범상의 주인공, 에스페란자 스팔딩.
마주치는 순간, 마음의 문을 열게 하는 매력적인 비주얼입니다.

식에서 축하 공연을 할 아티스트로 그녀를 직접 지목했다고 하더군요. 유튜브에서 그녀가 〈I know You know〉란 곡으로 축하 공연을 하는 장면을 찾아보니, 재즈를 잘 모르는 저에게도 정말 매력적으로 느껴졌습니다.

에스페란자 스팔딩의 음악을 들으면서는 한 사람의 룩look이 얼마나 강력한 메시지일 수 있는지를 생각하게 됐습니다. 목소리 자체도 좋지만, 그녀의 비주얼은 목소리의 매력을 몇 배로 증폭시키더군요. 그녀는 아름다움 때문에 덕을 보는 만큼, 아름다워서 손해를 볼 수도 있겠단 생각이 들었습니다. 대중의 사랑을 받기도 쉽지만, 아름다운 외모 때문에 목소리의 매력이 가려질 수도 있는 거니까요. 우리가 흔히 아이돌 그룹의 보컬 담당 멤버의 가창력을 얕잡아 보다가, 〈복면가왕〉 같은 프로그램을 보며 귀를 의심하게 되는 것과 같은 맥락이죠. 그녀도 그레고리 포터 아저씨와 함께 제 출근길 플레이리스트에 한동안 머무르다 갑니다.

인풋이라는 연료

이 글을 읽는 분들도 저와 크게 다르지 않은 방식으로 정보의 양을 늘려나갈 겁니다. 제가 말씀드리고 싶은 것은, 파도를 타면서 마주치는 몇몇 지점에서 자신의 의지를 조금만 더 개입시킬 수 있다면, 인풋의 스펙트럼이 조금 더 넓어진다는 점입니다. SUV에 대한 정보를 찾던 제가 약간의 수고를 통해 빵모자를 쓴 보컬과 콘트라베이스를 든 아름다운 그녀를 만날 수 있었던 것처럼 말이죠.

지금 저에게 그레고리 포터와 에스페란자 스팔딩은 아직 용도가 정해지지 않은 '혼란'일 겁니다. (혼란이라 부르기엔 그들이 너무 매력적이어서 미안하군요.) 이들은 별이 태어나기 전의 우주 먼지나 가스 덩어리처럼 제 머릿속을 떠돌아다니겠죠. 하지만 경험으로 알 수 있습니다. 운이 좋다면, 그와 그녀가 언젠가 제 생각의 연료가 될지도 모른다는 것을요. 적당한 스파크를 만날 수 있다면, 아름다운 별의 재료가 될지도 모른다는 것도요.

PART 2

더 좋은 생각을 위한 '자세'

"세상엔 두 종류의 깻잎이 있다.
삼겹살의 외투가 되는 깻잎과
아우라를 뿜는 깻잎."
- 유병욱

깻 잎 의 아 우 라

2007년의 일입니다. 오사카로 여행을 갔습니다. 초행이었고, 스마트폰이 없던 시절이라 제 손엔 지도 한 장뿐이었고, 대부분의 남자들이 그런 것처럼 자신의 방향감각을 과신했죠. 게다가 제겐 많은 남자들이 가진 나쁜 습관이 하나 더 있었으니, 절대 남들에게 길을 묻지 않았습니다. 결과는 명확했습니다. 저와 아내는 처음 와본 도시의 지하도에서 길을 잃었죠. 하지만 대부분의 여행이 그런 것처럼,

가이드북을 벗어나자 그 여행에서 가장 잊을 수 없는 경험이 시작되었습니다.

계기는 허기였습니다. 익숙하지 않은 환경에서 극도로 집중하다 보니 금방 에너지가 소진되더군요. 와이파이가 잘 안 터지는 곳에 놓인 휴대폰의 배터리가 평소보다 훨씬 빨리 줄어드는 것처럼 말이죠. 밥 한 끼를 먹더라도 맛있는 걸 추구하는 편인데, 극도의 허기가 찾아오니 여행 가이드북을 펼칠 기운조차 사라져버렸습니다. 일단 눈앞에 보이는 식당으로 들어갔습니다. 할아버지 한 분이 하는 가게였습니다. 우리로 치면, 고속터미널 지하상가 중간쯤에 있는 분식집이었죠.

드문드문 앉은 손님들 사이로 주방에서 요리하는 할아버지가 보였습니다. 우리를 보자 눈인사를 하시고는 금세 요리에 집중하시더군요. '내겐 손님보다 중요한 게 있다'는 눈빛이었습니다. 그러시고는 무언가를 혼신의 힘을 다해 좌우로 흔들고, 튀김 솥에서 꺼내어 면포에 올려놓는 일을 반복했습니다.

그것은, 깻잎•이었습니다. 할아버지는 깻잎을 마치 천만 원짜리 수표처럼 다루었습니다. 깻잎을 면포에 올리는 과정에서는 행여나 튀겨진 깻잎이 부서질까, 심지어 무릎을 살짝 굽히기까지 하시더군요. 이쯤 되면, 메뉴를 고민할 필요가 없죠. 텐동(튀김덮밥)을 시켰습니다. 그리고 내내 주방 쪽에 시선을 두고 제가 먹을 텐동이 만들어지는 과정을 훔쳐봤습니다. 또 다른 흥미로운 장면이 펼쳐질 것 같았으니까요.

예상이 맞았습니다. 할아버지는 튀김들 위로 간장소스를 뿌리는 자세마저도 범상치 않으시더군요. 소스가 담긴 병의 목을 오른손으로 가볍게 잡고, 역시 무릎을 살짝 굽히시며, 빠르게 원을 그려 간장을 밥 위에 뿌렸습니다. 밥 위에 놓인 각각의 튀김들에 골고루 간장을 닿게 하겠다는 강렬한 의지가 느껴졌습니다. 순간 제 머릿속엔 두 가지 생각이 들더군요. '뭘, 덮밥에 저렇게까지'라는 생각과, '지금 저 덮밥을 만드는 일은 저 할아버지에게 굉장히 중요한 일이구나'라는 생각이요.

그리고 드디어 제 테이블에 텐동이 도착했습니다. 의심의 여지없이, 깻잎 튀김부터 입에 물었습니다. 그날의 깻잎 튀김을 어떻게 설명할 수 있을까요? 『미스터 초밥왕』 같은 만화였다면 아마 저를 중심으로 깻잎이 불꽃놀이처럼 펼쳐졌다 사라지는 장면이 나왔을 겁니다. 하지만 불행히도 제 언어는 그 감동을 담을 길이 없네요. 그것은, '인생 텐동'이었습니다. (네. 그리고 이런 경험들이 대체로 그렇듯, 전 그 후로 이 집을 다시 찾을 수 없게

● '깻잎의 아우라' 에피소드를 읽으신 몇몇 독자분들께서, 흥미롭고도 중요한 지적을 해주셨습니다. 일본의 텐동이란 음식에 들어가는 깻잎처럼 보이는 재료는 '시소'라 불리는 채소로, 모양은 깻잎과 비슷하지만 크기가 약간 작고 향이 강하다고 합니다. 한국의 덮밥집에서는 시소를 구하기 어려워 깻잎으로 대신하는 경우가 많고요. 독자 여러분의 지적에 맞춰 '깻잎의 아우라' 에피소드 이름을 고치려 하다가, '시소의 아우라'라 하면 한국의 독자분들께 제가 전달하고 싶은 뉘앙스—대단해 보이지 않는 재료에도 담겨 있는 자존과 아우라—가 전달이 덜 된다고 판단하여, 제목은 유지하되 각주로 이를 알립니다.

됩니다.)

돌아오는 비행기에서 내내 제 마음을 사로잡은 것은, 할아버지가 보여준 자신의 직업에 대한 '자존自尊'이었습니다. 깻잎 한 장에서 뿜어져 나오던 '아우라'였습니다. 그 텐동을 어찌 흔한 프랜차이즈 덮밥집의 그것과 비교할 수 있을까요? 깻잎 튀김 하나에 그 정도의 정성을 들인다면, 쌀이나 간장에는 또 어떤 엄격한 잣대를 댈까요? 문득, 제가 하는 일을 돌아보게 되었습니다. 내가 쓰는 카피는, 그 깻잎만큼의 아우라를 가지고 있는가. 나는 오사카 덮밥집의 할아버지만큼 자존감을 가지며 일하고 있는가.

그때부터였을 겁니다. 제가 맞춤법에 집착하게 된 건 말이죠. 저를 아는 후배들은 저의 맞춤법 히스테리를 잘 알 겁니다. TV에서 맞춤법이 틀린 광고를 보면, 저는 평소보다 훨씬 빨리, 그리고 격렬하게 분노합니다. 세계적인 탄산음료 브랜드의 TV 광고에 맞춤법이 파괴된 카피가 쓰인 걸 본 적이 있습니다. '거야'를 '꺼야'로 쓴 카피였죠. 물론 틀리기 쉬운 맞춤법이긴 합니다. SNS에서였다면 충분히 용인될 수 있는 실수라고 생각합니다. 그건 '사적인' 커뮤니케이션이니까요. 하지만 TV광고는 경우가 좀 다르지 않을까요? TV라는 매체는 많은 사람들이 보는 만큼 어쩔 수 없이 권위를 가지니까요. 화면에 쓰인 '꺼야'를 본 사람들은 당연히 그렇게 적는 것이 맞춤법에 맞는 표현이라 생각할 겁니다. TV로 맞춤법을 익히는 아이도 있을지 모르죠.

이름만 대면 누구나 알 만한 화장품 광고의 헤드라인에 쓰인 오타는 또 어떤가요. '거예요'라고 써야 할 카피를 '거에요'로 써놓았습니다. '예요/에요'는 '거야/꺼야'만큼이나 많이 틀리는 맞춤법입니다. 사적인 채팅창에서 틀리게 쓰는 것을 가지고 뭐라 하고 싶은 생각은 전혀 없습니다. 문제는 그 위치가 '헤드라인'이었다는 겁니다. 광고를 업으로 삼고 있는 카피라이터가 자신의 전문영역인 인쇄광고의 가장 중요한 부분에 맞춤법이 틀린 카피를 내보내는 일. 오사카의 할아버지와 깻잎이 손잡고 웃을 일입니다. 가장 기본적인 부분에서 말도 안 되는 실수를 하는 카피라이터가, 평소 카피를 쓸 때 글자 한 자, 어미 한 자의 디테일을 올리기 위해 혼신의 힘을 다할까요? 그럴 가능성은 없다고 봅니다.

고백하자면, 저 또한 올바른 맞춤법을 헷갈릴 때가 많습니다. 그래서 글을 내보내기 전에는 꼭 워드프로세서의 맞춤법 교정 기능을 활용하고, '녹색창'에 검색도 해보고, '틀리기 쉬운 맞춤법' 같은 기사가 나면 눈여겨보며 앞으로 일어날지 모르는 실수를 최대한 막아보려 애씁니다. 제가 하는 일은 글을 쓰는 일이고, 글의 기본은 맞춤법이니까요. 그게 제가 하는 일에 대한 예의일 테니까요.

저는 일에 있어서 '자존'이 정말 중요하다고 생각합니다. 자신의 일을 남들의 생각과는 관계없이 매우 소중하게 생각한다면, 실수에는 굉장히 예민해지고 성공의 기준점은 높아질 겁니다. 그러면 자연스럽게 결과의 디테일이나 완성도도 올라갈 테죠. 오사카 덮밥집 할아버지의 깻잎처럼요. 녹음실에서 귀를 곤두세우고 광고에 삽입될 배경음악을 고를 때나, 편집실에서 자막의 굵기를 반 포인트씩 키워가며 완성도를 높이다가도, 가끔은 이런 생각이 듭니다. '이렇게까지 한다고 누가 알아주나. 이 광고를 볼 사람은 어쩌면 TV의 볼륨을 줄여놓고, 어쩌면 설거지를 하면서, 혹은 5초 스킵 버튼이 나오길 기다리면서 보고 있을 텐데.'

하지만 경험이 말해줍니다. 그렇게 심사숙고하며 조정한 자막의 미세한 굵기 차이가, 배경음악이 나오는 타이밍의 미세한 차이가, '좋은' 광고와 '정말 좋은' 광고를 가른다는 사실을요. 그런 디테일에 대한 집착이 애플Apple Inc.의 전성기를 만들고, 별명이 '봉테일'이라는, 이제는 한국을 대표하는 세계적인 영화감독 봉준호를 만들었다는 사실을 말이죠.

광고는 가장 홀대받는 매스미디어이기도 하지만—업계에 속해 있는 관계자로서 자존감을 갖고 보면—한 사회의 문화를 반영하는 거울이자 대중문화의 강력한 구성요소이기도 합니다. 전 제 후배들이 이런 '자존'의 필터를 끼고 일했으면 좋겠습니다. 그 방법이 완성도를 올리고, 좋은 결과물을 만들고, 무엇보다 일하는 과정을 조금 더 행복하게 만들기 때문입니다.

하나의 광고를 만들다 보면 수많은 스태프들을 만납니다. 광고감독, 조감독, 편집실과 녹음실 스태프들, 2D와 3D 그래픽 전문가들…… 이들 중 업계에서 '특급'이라 불리는 사람들은 대부분, 자신이 하는 일에 강력한 자존감을 가지고 있었습니다. 광고주들도 마찬가지입니다. 공기업에서 IT회사까지, 의자회사에서 신발회사까지 엄청나게 다양한 회사의 구성원들을 만나봤는데요. 인상적인 광고 캠페인을 꾸준히 만들고, 또 사회적으로도 좋은 평판을 받는 회사는 구성원들의 성향도 조금 달랐습니다.

구체적인 예를 들어보겠습니다. 저는 '시디즈'라는 의자회사의 광고를 런칭 캠페인부터 지금까지 담당하고 있습니다. 첫 번째 광고 캠페인을 준비하던 때의 일입니다. 그 회사의 제품을 정확히 파악하고 싶으니 되도록이면 제품이 만들어지는 현장을 직접 보고 싶다는 의견을 전했고, 평택과 안성에 있는 시디즈 공장에 견학을 가게 되었습니다. 문서를 통해 제품에 대한 정보를 공부하는 것과, 실제 현장에서 보고 듣는 인상은 꽤 다르거든요.

당시 견학을 온 광고회사 직원들을 위해 본사에서 한 분이 나오셔서 간단한 투어를 진행해주셨죠. 그분이 사용하는 단어 하나하나에서 자사 제품에 대한 상당한 자부심이 느껴졌습니다. 알고 보니 이 회사는 정부 기준보다 세 배 정도 엄격한 내부 기준을 정해놓고 의자를 만드는 곳이었습니다. 공장 한 켠에 의자의 내구성을 실험하는 공간을 따로 만들어 의자를 수천 번 누르고, 당기고, 구부리는 일을 반복하고 있었습니다. 내구성에 대한 내부 기준이 워낙 높다 보니, 정부기관에서 오히려 역으로 이 회사에 의자의 품질검사를 의뢰할 정도라고 하더군요. 며칠 후 두 번째 방문에서 만난 공장장님은 왜 이 회사가 루이비통에서 쓴다는 고가의 가죽 재단기를 쓰는지, 왜 나사 하나까지도 수입하지 않고 직접 만드는지에 대해 열의를 다해 설명해주셨습니다. 만난 사람들은 달랐지만 그들이 공유하고 있는 어떤 '분위기'는 한결같다고 느껴졌습니다.

광고주의 이런 분위기는 광고를 만드는 광고회사 사람들에게도 자연스레 전염됐습니다. 저만 해도, 카피 한 줄을 쓰더라도 조금 더 시간을 투입하게 되더군요. 녹음실에서 음악을 고를 때도, 평소 같으면 금방 오케이 하고 넘어갔을 음악을 몇 번이나 더 고르고, 결국은 광고주의 동의를 얻어 곡을 완전히 새로 제작하는 일도 있었습니다. 작은 나사까지 직접 만드는 회사의 광고를 만드는데, 그 광고에 쓰일 음악도 그 정도의 디테일은 가지고 있어야 하지 않겠나 하는 마음 때문이었겠죠. 그게 '선수'끼리 가져야 할 예의 아니겠나 하는 생각 때문이었습니다. 말하자면 광고주의 자존감이 광고회사가 만드는 제작물의 퀄리티로 연결되는 아름다운 결과였던 거죠.

생각의 결과물은 결국 '한 끗 차이'인 경우가 많습니다. 그 한 끗을 만드는 것은 대개 생각하는 이의 집중력과 의지입니다. 그리고 그 집중력과 의지를 끌어내는 건 대체로, 금전적 보상이거나, 일에 대한 자존입니다. 슬프게도 전자는 우리 인생에 자주 찾아오지 않더군요. 그러니 후자의 방법은 어떨까요? 자기의 일을 스스로 존중하는 겁니다. 그렇게 턱을 살짝 치켜들고 자신의 일을 해내는 겁니다. 내 일은 그럴 만한 일이 아니라고요? 글쎄요. 누가 봐도 중요하고 대단한 일을 하는 사람은 의외로 많지 않습니다. 들여다보면 세상에 중요하지 않은 일이 없다는 건, 오사카의 깻잎도 아는 사실입니다.

"기본기란, 헤맸을 때
다시 돌아올 수 있는 지점이다."
- 윤태호

양념만으로 되는 요리는 없다

'영단기', '공단기' 같은 단어들 들어보셨나요? 각각 '영어성적 단기완성', '공무원시험 단기완성'의 줄임말입니다. 해당 분야의 유명한 학원 또는 교재의 이름이기도 하죠. '경단기'의 '경'은 경찰시험입니다. 그렇다면 '통단기'는 뭘까요? 놀랍게도 통기타의 '통'이랍니다.

인터넷 검색창에 '단기완성'이라는 단어를 치면 엄청난 양의 검색 결과가 쏟아집니다. 검색의 양은 사람들의 관심에 비례할 겁니다. 많이 찾으니 쌓인 정보의 양도 많은 거겠죠. '단기'에 대한 사람들의 지대한 관심은, 우리 사회의 민낯일 겁니다. 단기간에 쌓은 지식이 상당히 유용한 사회라는 거죠. 본질에서 오는 '깊이'보다는, 테크닉에서 오는 잠깐의 '잘해 보임'이 대접받는 사회라는 겁니다. 살아가면서 무수한 시험들을 치러내야 하는데, 그 시험들을 통과하기 위해서는 단기간에 완성할 수 있는 정도의 지식이 필요한 사회. 그런데 그 관문을 통과한 이후에는 그 지식이 전혀 유용하지 않은 사회. 그런 사회에서 사는 누구라도 '단기완성'에 관심을 가질 수밖에 없을 겁니다. 그래서 '토익은 실력이 아니라 기술'이란 말이 나오고, 영어시험 고득점자가 외국인 앞에서 말 한마디 떼기를 어려워하는 일들이 벌어지는 거겠죠.

돌아보면 저도 별반 다를 바가 없었습니다. 단기간 외운 지식의 힘으로 시험을 통과하고, 깨끗이 잊어버리고, 다시 필요에 의해 새로운 무언가를 배우기를 반복했습니다. 중고등학교 때 배운 그 방대했던 역사, 지리, 문학에 대한 지식들이 이토록 깨끗하게 사라질 수 있다는 건 놀라운 일입니다. 대학생 시절 교양과목 시험을 보기 위해 벼락치기로 머릿속에 욱여넣은 지식들은 또 어떤가요.

그렇게 순식간에 배운 것들을 순식간에 잃어버리는 일을 반복하다 보니 명백한 진실 하나가 남았습니다. '빨리 배운 것은 빨리 사라진다.' 시간을 들여 오래 고민했던 것들, 몇 달을 끌어안고 살았던 생각들, 그저 좋아서 빠져들고 다듬고 연마했던 것들은 결국 나를 이루는 결정적인 무언가가 됩니다. 하지만 테스트의 순간을 통과하기 위해 '단기간에 완성'한 것들은, 잠시 나를 멋져 보이게 만들어줄 순 있었으나 단기간에 사라지더군요. 기교는 결코 시간의 시험을 통과하지 못합니다.

광고 일에 대한, 혹은 아이디어의 발상에 대한 오래된 오해가 있습니다. 광고는 재치의 영역이라는 오해. 아이디어는 순간적으로 번뜩이는 것이라는 오해. 네. 광고에 재치는 분명 필요합니다. 하지만 재치보다 중요한 건 광고주가 맞닥뜨린 상황에 대한 이해와, 사람들이 움직이고 생각하는 방식에 대한 통찰, 그리고 문제를 해결하는—새롭거나 낯선—생각의 각도입니다. 그게 광고의 본질입니다.

광고를 끼 있는 사람들의 영역, 재치와 유행어의 영역으로 보고 일을 시작하는 후배들을 가끔 봅니다. 누가 봐도 재기 발랄한 이런 친구들은, 팀내 분위기를 띄우고, 회사생활 적응도 굉장히 빠릅니다. 신입사원임에도 불구하고 이들이 낸 아이디어가 채택되어 온에어(광고가 제작되어 TV로 실제로 송출되는 것)까지 이어지는 경우도 있습니다. 하지만 놀랍게도, 이 일에 금방 흥미를 잃거나 쉽게 바닥을 드러내는 경우도 많았습니다. 순간적인 반짝임은 오래가기 힘드니까요. 오히려 오래도록 이 일을 잘하는 사람들은, 아이디어를 내놓는 방식은 조금 투박하지만 깊이 있게 생각해보려 하고, 또 남들과는 다른 각도로 생각하려고 애쓰는 친구들인 경우가 많았습니다. 카피라이터 후배들로 좁혀서 이야기해보면, 재치는 좀 부족해도 문장력이 좋은 친구가 오래 이 일을 하더군요. 재치가 기교라면, 생각과 문장이 본질인 거죠.

저는 기교보다 본질이 중요하다고 생각합니다. 그래서 '고기가 좋으면 소금을 덜 쳐라'라는 문장을 좋아합니다. 가장 신선한 고기는 그대로 구웠을 때 제일 맛있습니다. 소금만 살짝 쳐서 말이죠. 최상급 꽃등심을 고추장 양념에 재우는 경우는 없습니다. 양념 맛이 고기가 신선할 때 내는 육즙과 풍미를 다 덮어버리니까요. 그러니 좋은 고기라는 본질이 있다면, 양념이란 기교를 굳이 많이 부릴 필요가 없습니다. 거꾸로 말하면, 본질에 자신 없을 때 양념에 집착하게 되는 거겠죠.

우리가 나고 자란 이 사회는 양념이 세면 고기는 별로라도 음식 괜찮네 하고 넘어갔던 사회가 아닐까요? 그러니 다들 '양념'에만 집중했던 것 아닐까요? 기교와 테크닉은 '잘해 보이는' 것이지 '잘하는' 것은 아닌데 말이죠. 그래서 우리는 아이의 논술 실력이 부족하면 책을 읽게 하는 게 아니라, 논술학원에 보내는 나라에 살고 있는 겁니다.

저는 짧은 글을 쓰는 카피라이터이지만, 카피라이팅의 기본은 오히려 긴 글을 쓰는 능력이라 생각합니다. 긴 글을 잘 쓸 수 있는 훈련이 되어 있다면, 자연스럽게 단단한 흐름을 갖춘 이야기를 구축할 수 있게 됩니다. 그리고 그 긴 글을 줄여 쓰는 훈련을 한다면, 어떤 부분이 군더더기이고 어떤 부분이 핵심인지를 자연스럽게 파악하게 됩니다. 광고 카피를 쓰는 일은 15초라는 짧은 시간, 혹은 한정된 지면이라는 공간 안에서의 싸움입니다. 중언부언할 틈이 없죠. 때문에 핵심과 군더더기를 구별해내는 훈련은 좋은 카피를 쓰는 데 필수적입니다.

게다가 긴 글 쓰는 훈련을 해보면, 내 밑천도 그대로 드러나게 됩니다. 짧은 몇 줄의 글 뒤에 숨을 수 없으니까요. 글의 논리가 성글다면, 글이 오직 재치에 의존하고 있다면, 짧은 글에선 보이지 않던 약점들이 긴 글에서는 적나라하게 드러나기 마련입니다. (그래서 제 팀에 신입 카피라이터 후배가 들어오면 전 제일 먼저 긴 글 쓰기 훈련을 시킵니다.)

중요한 건 '본질'입니다. 어느 순간에도 흔들리지 않고 중심을 잡아주는 '기본기'입니다. 『미생』을 그린 윤태호 작가의 인터뷰를 읽다가 이런 문장을 보았습니다.

기본기란, 헤맸을 때 다시 돌아올 수 있는 지점이다.

너무나 공감하는 말이라 아직도 제 책상 한가운데에 포스트

잇으로 붙여놓고 들여다보는 문장입니다. 누구나 갈피를 못 잡고 헤매는 때는 옵니다. 그리고 그때 나를 바르게 제자리로 돌아오게 하는 힘이 기본기입니다. 헤맸을 때, 돌아올 수 있는 힘의 근본은 기본기. 그래서 내가 몸담고 있는 영역의 기본기가 무엇인지, 본질이 무엇인지를 알고 있는 것이 중요하다고 생각합니다. 야구선수에게 기본은 무엇일까. 책을 만드는 사람에게 기본은 무엇일까. 브랜드를 만드는 사람에게는, 디자이너에게는, 과연 무엇이 기본일까.

저는 어떤 일을 시작하기 전에, 이 질문에 대한 대답을 찾는 데 더 많은 시간을 들였으면 좋겠습니다. 스스로에게 묻고, 믿을 수 있는 선배에게 묻는 거죠. 그 후엔, 시간을 들여 찾은 그 답을 들여다보고, 거기에 집중하는 겁니다. 업의 본질적인 부분이 단단해야, 자기가 하는 일을 잘, 그리고 오래할 수 있을 테니까요.

10년도 더 된 오래전 일입니다. 회사에 카피 잘 쓰는 걸로 유명했던 한 선배가 있었습니다. 힘 있는 카피를 쓰면서도 그 속에 담긴 생각도 좋아서 제가 늘 닮고 싶어 하던 선배였어요. 어느 날 그 선배가 A4용지 한 장을 제게 건네주더군요. 장난기 가득한 얼굴로, “병욱, 수능 몇 점 맞았어? 이거 프랑스 수능시험 문제인데 한번 풀어볼래?” 하더군요. “시험 하면 자신 있죠” 하며 문제를 읽어 내려가기 시작했죠. 충격적이게도, 단 한 문제도 쉽게 풀 수 없었습니다. 최근에 출제된 문제는 아래와 같습니다.

1. 왜 우리는 스스로를 알고 싶어 하는가?
2. 교양 있는 사람이 다른 사람보다 우월한가?
3. 나는 내 과거로부터 만들어지는가?

이 철학적인 질문들은 프랑스의 '바칼로레아'라는 시험에 나오는 문제들이라고 합니다. 바칼로레아는 무려 나폴레옹 시절부터 시작된 프랑스의 고등학교 졸업시험이자 대학 입학 자격시험 제도인데, 그 유래가 궁금해서 인터넷을 찾아보니 이미 한 방송에서 '시험은 어떻게 우리를 지배하는가'라는 다큐멘터리를 통해 자세히 다뤘더군요. 방송 중간에 한 프랑스 고등학생의 인터뷰가 나오는데 그녀가 한 말이 잊히지 않습니다. 그 학생은 바칼로레아를 통해 '하나의 질문에 대해 내 생각의 끝까지 가보는 연습을 한다'고 말하더군요.

순간, 머리가 멍해졌습니다. 생각의 끝까지 가본다. 이 말이 열일곱 살 학생의 입에서 나오다니요. 부럽고, 또 부러웠습니다. 우리도 언젠가는 '생각의 끝'에서 건져낸 것들의 아름다움을 더 자주 말하는 사회에서 살았으면 좋겠습니다. 기교보다 본질의 힘이 강한 사람들을 더 자주 만났으면 좋겠습니다.

"두 개의 화살을 갖지 마라.
두 번째 화살이 있기 때문에
첫 번째 화살에 집중하지 않게 된다."
- 교토 상인들의 33계명 중

맨 끝의 매력

나이를 먹으면서, 슈퍼 히어로가 나오는 영화에 대한 관심도 시들해졌습니다. 세상에 무슨 '맨'들이 그리 많을까요. 니콜라스 케이지가 불타는 해골이 되어 오토바이를 타고 세상을 구하는 영화에 충격을 받은 이후로 히어로물은 좀처럼 보지 않았습니다. 보지 않아도 본 것 같았으니까요.

치를 떨게 못된 악당이 어느 도시에 나타납니다. 도시는 대체로 미국에 속해 있죠. 악당에게도 아픔은 있습니다. 아프지만 악당이니까, 나름의 독창적인 방법으로 사람들을 괴롭힙니다. 괴롭힘의 정도가 심해져 관객들도 살짝 스트레스를 받을 즈음, 특정한 능력을 지닌—영화마다 이 부분이 다릅니다. 하늘을 날거나, 돈이 많거나, 곤충입니다—영웅이 나타납니다. 그는 압도적인 비율로 대부분 남자이고, 악당과 마찬가지로 대체로 아픔이 있습니다. 히어로는 악당 때문에 거의 죽음 직전까지 몰리지만, 보란 듯이 다시 돌아와 세계를 구합니다. 잠시 뒤 영화 중반에 만난, 자신의 아픔을 이해하는 아름다운 여자와 키스합니다. 엔딩 크레디트가 올라갑니다.

이런 패턴이 지겨워진 영화사들은 이제 에일리언과 프레데터를 싸움 붙이고, 슈퍼맨과 배트맨이 자웅을 겨루게 하더군요. 제가 굳이 시간을 내서 가끔 이런 영화들을 본 이유는, 아무 생각도 하지 않는 두 시간이 필요해서였습니다. 회사를 다니다 보면 종종 찾아오는, 모든 걸 깔끔하게 부숴버리고 싶다는 상상을 이 친구들이 대신 이뤄줬기 때문이었습니다.

그러다 크리스토퍼 놀란 감독의 배트맨 시리즈를 봤습니다. 놀란 감독은 2005년 〈배트맨 비긴즈〉를 시작으로 〈다크 나이트〉(2008), 〈다크 나이트 라이즈〉(2012)로 이어지는 배트맨 3부작을 완성했는데요. 〈배트맨 비긴즈〉에서 받은 놀란 감독에 대한 제 느낌이 '이 양반 참 대단하네'였다면, 〈다크 나이트 라이즈〉에서는 '이 사람은 미쳤다'였습니다. 내용은 분명 슈퍼 히어로물인데, 이 내용을 담는 그릇인 사운드와 비주얼을 극한까지 올려놨더군요. 저 조커는 분명 내가 아는 조커이고, 당연히 조커는 배트맨을 위협할 것이며, 결국 조커가 지는 싸움일 것이 확실한데도, 저는 영화를 보는 내내 조마조마한 마음을 견딜 수가 없었습니다.

조커가 배트맨을 궁지에 몰 때 나오는 음악을 한번 예로 들어볼까요? 〈다크 나이트〉의 오리지널 사운드 트랙 중 'Introduce a little anarchy'라는 곡은 중저음의 타악기 소리가 빠르게 반복됩니다. 잠시 후 현악기가 등장해 타악기의 리듬을 받아주죠. 듣고 있다 보면, 내 심장이 뛰고 있다는 착각이 들 정도입니다.

영화를 보다 보면, 중간중간 장엄한 느낌의 브라스(금관악기) 소리가 들립니다. 개인적으로 이 브라스 소리를 놀란 감독이 굉장히 좋아한다는 느낌을 받았습니다. 〈인셉션〉에서도 인상적으로 쓰이는 이 '좌앙~' 하는 사운드는 슈퍼 히어로물에서는 잘 들리지 않던 소리여서 낯설고 불편했지만, 그래서 더욱 듣는 이를 압도했습니다.

이렇게 디테일을 극단으로 올린 영화 속 소리들은 히스 레저의 압도적인 조커 연기와 만나 그의 존재감을 더 강력하게 만들어주었습니다. 지금까지 수많은 배우들이 연기한 조커들을 봐왔지만, 스크린 속의 조커가 정말 두렵고 마주치기 싫은 존재로 느껴진 것은 크리스토퍼 놀란 감독이 연출한 〈다크 나이트〉가 처음이었습니다. 조커가 내는 알 수 없는 '끼릭'거리는 소리. 그가 병원을 폭파할 때 바닥에 떨어지는 파편들의 소리가 내는 공간감들은 또 어떻고요.

소리로 압도당했던 제가 '이 감독 진짜 인정!'을 외친 순간은, 배트맨의 전용차 '배트모빌'의 만듦새와 그 디테일을 발견했을 때였습니다. 배트모빌이 폭파되면서 튀어나오는 오토바이 '배트포드'가 주는 시각적인 쾌감은 굉장했죠. 나중에 찾아보니, 4륜 자동차 속에 어떤 방식으로 2륜 오토바이를 숨겨둘지에 대해서 주도면밀하게 설계를 해놓았더군요. 배트포드가 막다른 곳에서 벽을 타고 돌아 방향을 바꾸는 그 유명한 장면에서 제 주위에 앉은 사람들이 뱉던 낮은 탄성이 지금도 기억납니다. 오토바이의 그런 움직임은 누구도 쉽게 상상할 수 없는 장면이니까요.

크리스토퍼 놀란의 슈퍼 히어로물에 두 손 들고 감탄하면서 느낀 것은, '장르'는 아무런 장애가 안 된다는 겁니다. 거꾸로 말해서, 어떤 장르이건 간에 맨 끝까지 밀고 가면 걸작이 될 수 있다는 사실입니다.

쿠엔틴 타란티노 감독의 〈킬 빌〉을 보면서도 저는 비슷한 생각을 했습니다. 〈킬 빌〉은 장르적으로 기존의 B급 액션영화의 패턴을 한데 모아놓은 영화입니다. 이를테면 'B급 종합선물세트'죠. 그런데 모아놓은 B급 영화 문법들의 짜임새가 너무 좋아서, 어디 하나 손댈 곳이 없습니다.

캐릭터들의 대결 장면에서 나오는 사무라이 영화의 전형적인 미장센, 이소룡 영화에 대한 오마주, 중간에 인서트insert로 들어간 일본풍 애니메이션, 알고 보니 과거 일본 TV에서 방영된 사무라이 드라마에 등장했던 음악을 그대로 썼다는 사실까지. 요소 하나하나를 뜯어보면 B급인데, B급의 가장 매력적인 부분들을 모아 디테일을 끝까지 올리니 시각적으로나 청각적으로나 너무나 즐겁더군요. 제 눈에는 엄청난 마스터피스였습니다.

끝을 향해 가면 힘이 생깁니다.

영화만 그런 게 아닙니다. 그룹 '십센치10cm'를 좋아하시나요? 전 우리나라에서 찌질한 가사를 제일 잘 쓰는 뮤지션은 감히 십센치라고 생각합니다. 'Fine thank you and you?'라는 곡의 가사를 한번 볼까요?

너의 얘길 들었어
너는 벌써 30평에 사는구나
난 매일 라면만 먹어
나이를 먹어도 입맛이 안 변해

I'm fine thank you thank you and you
우리 옛날에 사랑을 했다니 우스워

좋은 차를 샀더라
네가 버릇처럼 말한 비싼 차
나도 운전을 배워
이리도 어려운 건지 모르고

I'm fine thank you thank you and you
우리 옛날에 사랑을 했다니 우스워

사랑했던 사람의 안부를 묻는 아름다운 가사는 정말 많습니다. 그런데 십센치는 갑자기 '30평'과 '비싼 차'란 가사로 우리의 마음을 훅, 치고 들어옵니다. 그리고 그 반대편에 아직도 라면만 먹고, 이제야 운전을 배우는 주인공을 데려다 놓습니다. 보통 노래 가사에는 잘 등장하지 않던 찌질함입니다. 그런데 대놓고 찌질하게 나오니 그게 또 매력적입니다. 사실 우리가 사는 현실, 굉장히 찌질하잖아요. 출근하면서 이 음악을 처음 듣고는, 이어폰에 일격을 당한 것 같은 기분을 느꼈습니다. 검색을

해서 가사를 확인하고 나니 저도 모르게 바로 십센치의 팬이 되더군요. 보컬 권정열 씨의 독특한 보이스도 매력적이고, 멜로디 라인도 쉽고 직관적이지만, 제가 반해버린 십센치의 매력은 끝까지 밀어붙인 가사의 솔직함입니다.

끝을 향해 가면 힘이 생깁니다.

'삼진어묵'이라는 회사를 아시나요? 몇 년 전 신문에서 이 회사가 어묵을 정말 제대로 만든다고, 원료로 쓰이는 생선을 아끼지 않아 직원들이 오히려 수익 걱정을 한다고, 일본의 오뎅이 울고 갈 어묵이라고 극찬했던 기사를 본 기억이 있습니다. 당시엔 이 회사가 그리 대중적이진 않았습니다.

그런데 얼마 전 부산역에 갔더니 삼진어묵 매장 앞에 사람들이 줄을 서 있더군요. 도대체 뭘 사려고 저렇게 줄을 섰나 눈여겨보니 '어묵 고로케'입니다. 그날 저는 무려 다섯 가지 맛의 어묵 고로케를 맛본 뒤, 삼진어묵의 팬이 됩니다. 이 회사의 경영자가 어묵 하나를 잡고 끝까지 달렸구나 하는 생각이 들었거든요.

끝을 향해 가면 힘이 생깁니다.

사실 일본이 끝을 향해 가는 일엔 일가견이 있죠. 일 때문에 혹은 여행으로 일본에 들를 일이 몇 번 있었는데요. '뭘 이렇게까지' 싶을 정도로 디테일을 올려놓은 물건들을 볼 때가 많았습니다.

뜬금없는 얘기지만, 제가 일본에 가서 제일 많이 놀라는 순간이 편의점에서 산 과자 포장지를 뜯을 때입니다. 아주 작은 힘만 줘도 포장지가 찢어지는 것은 물론이고, 정확히 찢어져야 할 곳에서 찢어지더군요. 쉬운 일 같지만 사실 이런 것들이 가장 어려운 일입니다. 기억을 더듬어보세요. 살면서 한 번쯤은 소시지의 비닐 뜯기에 실패해서 이빨로 껍질을 까본 기억, 있지 않나요? 혹은 과자 봉지를 열다 힘 조절에 실패해 주위의 모든 이들에게 내용물을 선사해본 경험, 있지 않나요? 과자 포장지가 이렇게 약속을 정확히 지킨다면, 다른 시스템들은 말할 것도 없겠죠. 전 세계 국가 브랜드 순위를 매기면 일본이 늘 최상위권을 차지하는 이유, 저는 바로 이런 부분에서 시작한다고 봅니다.

무언가를 끝까지 밀어붙인 이들의 아름다움은 굳이 크리스토퍼 놀란 감독까지 찾지 않아도 우리 주위에서 종종 볼 수 있습니다. 이 맑은 국물에 어떻게 이런 맛이 숨어 있지 싶은 곰탕집에 갈 때, 내비게이션의 예상 시간을 비웃으며 우리를 훨씬 빨리 목적지로 데려다주시는 택시 기사님을 만나는 순간 같은 때

말이죠.

그러니 저마다의 이유로 각자의 길 위에 오른 뒤, 일단 달리기로 마음먹었다면, 맨 끝까지 가보는 겁니다. 그 외롭고 아슬아슬한 곳에, 놀라운 힘이 숨어 있습니다.

"당신이 굴튀김에 관한 글을 쓰면,
당신과 굴튀김의 상관관계나 거리감이
자동적으로 표현되게 마련입니다.

그것은 다시 말해, 끝까지 파고들면
당신 자신에 관해 쓰는 일이기도 합니다.
그것이 이른바 나의 '굴튀김 이론'입니다."
- 무라카미 하루키

굴 튀 김 이 론

무라카미 하루키처럼 전 지구적인 사랑을 받는 작가도 드물 겁니다. 매년 노벨문학상의 유력한 후보로 입에 올랐다가 탈락되기를 반복하고 있죠. 언젠가는 하루키가 노벨상을 받지 않겠느냐는 예측이 이제는 새삼스럽지도 않습니다. 저 또한 한때 하루키의 굉장한 팬이었습니다. 지금 그 팬심은 살짝 사그라들었지만, 작가로서 그가 살아가는 방식이나 일상을 바라보는 관점 같은 것들에는 여전한 지지를 보내는 중입니다.

어느 날 『무라카미 하루키 잡문집』(무라카미 하루키 저, 이영미 역, 비채)이란 책을 읽다가, 신선한 이론 하나를 접했습니다. 그 이름은 무려 '굴튀김 이론'. 작가와 글에 대한 자신의 생각을 굴튀김에 빗대어 설명한 건데요. 처음엔 굴튀김이란 단어가 낯설어서 읽어보았고, 그 후엔 저도 모르게 그 이론을 곱씹게 되었습니다. 굴튀김 이론을 제 나름대로 해석하면 이렇습니다.

> 굴튀김에 관한 글을 써보면, 당신이 굴튀김이라는 소재를 얼마만큼 깊숙이 알고 있는지, 또는 얼마나 모르고 있는지가 그대로 글로 드러나기 마련이다. 다시 말하면 글이란 결국 정확히 작가가 가진 것만큼을 내놓는 일이다. 작가가 가진 깊이만큼의 그릇에, 작가의 경험과 세계관을 통해 만들어진 생각들을 채워넣는 일이다.

예전에 저는 '광고는 딱 CD만큼 나오는 거야. 영화가 딱 감독만큼 나오는 것처럼 말이지'라고 이야기하고 다녔습니다. 물론 CD가 되기 전, 카피라이터 시절의 일이죠. CD가 된 지금은 '내가 왜 저 말을 하고 다녔지' 후회하고 있습니다만. 햇병아리 시절 내뱉은 저 말이 지금은 거대한 부메랑이 되어 제 코앞에 달랑거리고 있더군요.

하지만 제가 했던 말 자체는 여전히 진실이라 생각합니다. 아이가 부모의 깊이만큼 자라듯이, 광고도 아이디어를 낳고 기른 창작 집단의 깊이만큼 자랍니다. 그리고 그 창작자들 중 가장 큰 책임을 져야 할 사람이 바로 CD이죠. 광고의 뼈대가 되는 카피와 비주얼의 방향을 정하고, 함께 할 스태프들을 결정하고, 그들에게 기준점을 제시하여 최종 제작물을 완성하고, 이를 광고주에게 설득하여 대중들에게 내보내는 일. 그 지난한 과정의 최종 판단은 모두 CD의 몫이니까요.

당신이 무언가를 깊이 생각하고, 그 생각으로 새로운 어떤 것을 만들어내는 사람이라면, 당신의 경험과 관觀이 무엇보다 중요합니다. 하루키의 이론을 빌리자면, 그 경험과 관이 곧 당신의 창작물(또는 생각의 결과물)이 되니까요. 말하자면, 당신을 깎아 또 다른 당신을 세우는 겁니다. 그러니 경험의 폭은 넓을수록 좋고, 생각은 깊을수록 좋습니다. 그리고 무엇보다 중요한 것이 세상을 바라보는 당신의 관인데요.

저는 세상을 바라보는 특정한 가치관들이 얼마나 '무심하게' 전파를 타고 있는지에 대해 가끔 생각합니다. 미디어를 통해 자신의 생각을 내보내는 사람들이 자기가 가진 힘을 상당히 과소평가하고 있다고도 생각합니다.

얼마 전 차를 타고 가던 중 라디오광고를 하나 듣게 됐습니다. 건설사의 분양 광고였죠. 카피는 이랬습니다.

호수 앞에 집을 짓고 사는 건
여자의 꿈이다
그 꿈을 이뤄주는 건
남자의 몫이다
-○○건설

카피라이팅적인 측면에서 보자면, 기술적인 완성도가 있는 카피입니다. 구조를 잘 잡았고, 문장 하나의 길이도 괜찮고, 라디오에서 들었을 때의 말맛도 있었습니다.

하지만 카피가 담고 있는 세계관이 저는 조금 마음에 걸렸습니다. 여자는 꿈꾸고, 남자는 이뤄주는 식의 성 역할은 여자를 불쾌하게 만들고, 남자를 불편하게 합니다. 카피 속에서 여자는 행동의 객체이고, 물건을 살 수 있는 경제적인 능력은 배제되어 있습니다. 남자도 마찬가지입니다. 취업은 힘들고, 집값은 오르고, 정년은 빨라지고, 먹고살기도 힘든데, 여자의 꿈이면 뭐든 이뤄줘야 멋진 남자라니요.

물론 '이것이 현실이야'라고 말하는 사람도 있을 겁니다. 여전히 남자가 돈을 벌고 여자가 가사와 육아를 담당하는 가정이 많죠. 하지만 사회적 현상만큼 중요한 것은 흐름입니다. 사실 이런 식의 성 역할은 우리 사회에서도 빠르게 용도 폐기되고 있는 중입니다. 여자가 경제적인 능력을 갖추고, 남자가 육아에 참여하는 것은 이제 새삼스러운 일이 아니죠. (이제는 너무나 흔해져버린 아빠들의 육아 프로그램들이 그 증거 아닐까요?)

아이가 둘 이상이 되면 육아와 일을 병행하기가 쉽지 않고, 그래서 (조부모의 도움을 받지 못하면) 남편과 아내 중 아내가 육아를 위해 커리어를 희생하는 현상이 너무나 자주 벌어지고 있습니다만, 이것은 개인이 어쩔 수 없는 사회 구조적인 문제입니다. 반드시 해결되어야 할 문제이고요. 안타깝지 않습니까? 뛰어난 능력을 갖춘 여자들이 육아 때문에 어쩔 수 없이 경력을 접고, 한 번 접은 경력은 너무나 쉽게 '단절'된다는 사실이요.

제 말의 요점은 이겁니다. 백번 양보해 저 라디오광고 카피 아래 깔려 있는 남녀에 대한 가치관이 현실을 반영하고 있다 해도, 시대의 변화에 맞지 않으며, 정치적으로도 올바르지 않다는 겁니다. 저라면 저런 카피를 라디오광고에 온에어 시키지 않겠습니다. 후배들이 저런 아이디어를 회의실에 들고 오면, '농담이시죠?'라고 받겠습니다. (물론 제 주위 후배들은 그럴 가능성이 제로일 겁니다. 원래 사람은 비슷한 사람끼리 모이는 법이죠.)

미디어에서 내보내는 메시지는 생각보다 힘이 세서, '여자가 꿈꾸고 남자는 이룬다'는 시대착오적인 메시지도 반복되면 당연하게 들릴 수 있으니까요. 그리고 듣는 이의 나이가 어릴수록, 저 내용을 비판 없이 받아들일 가능성도 높아질 테니까요. 무엇보다 제 아이가 자라서 저런 세상에 산다고 생각하면, 저는 기쁘지 않으니까요.

하루키의 '굴튀김 이론'을 접하게 된 후부터는, 창작물의 '생산자'에 대해 더욱 자주 생각하게 됩니다. 그래서일까요. 여행을 더 자주 가보고 싶고, 좋은 음악과 영화를 더 많이 접하고 싶고, 그렇게 저란 사람을 더 풍부하게 만들고 싶다는 생각을 합니다. 일그러지지 않은 세계관을 가지고 싶고, 혹시라도 제가 가진 잘못된 가치관이 미디어를 통해 나가지 않도록 믿을 수 있는 동료들과 함께 점검해보려 합니다.

'나는 미디어가 될 만큼 거창한 위치에 있지 않으니까, 나와는 상관없는 얘기'라고 생각하시나요? 어떤 형식으로든 자신의 생각을 외부에 발신하는 사람이라면, 그가 바로 미디어입니다. 요즘 같은 SNS의 시대엔 더더욱 그러하죠. 만화를 그리든, 책을 만들든, 블로그를 운영하든, 카피를 쓰든, 디자인을 하든, 필름을 찍든, 마케팅을 하든, 앱을 만들든, 당신은 하나의 미디어입니다.

당신이 당신의 힘을 과소평가하지 않기를. 당신의 생각과 경험과 가치관이 곧 메시지가 될 수 있음을, 하루키의 굴튀김이 온몸으로 가르쳐주고 있으니까요.

"화가는 종이 앞에서는 항상 혼자야."
- 오르한 파묵

요 령 보 다 태 도

중요한 녹음을 마치고 난 후 맞이한 늦은 점심시간이었습니다. 팀원들과 함께 녹음실 근처 냉면집에 갔습니다. 녹음을 지켜보는 일은 생각보다 많은 집중력을 요구하는 작업이라, 함께 간 팀원들은 모두 녹초가 됐죠. 머리를 좀 비우려고 일 얘기 대신 이런저런 세상 이야기를 하다가, 제가 준비 중인 책 이야기도 나왔습니다. 책 준비는 잘 되어가느냐는 후배의 말에, 답이 없을 줄 알면서도 하소연을 했습니다. 책이 자기계발서가 아니었으면 좋겠다. 하우투how to로 읽히지 않았으면 좋겠다. 하지만 어쩔 수 없이 그런 이야기들도 담길 것 같다. 장르는 에세이이지만 또 어찌 보면 아니기도 하다. 결국 담고 있는 메시지의 밸

런스가 중요할 것 같다. 끝 모르는 하소연에 앞에 앉아 있던 후배 김새별 카피라이터가 이렇게 말하더군요. "어차피 요령이 아니라 태도에 대한 얘기를 하실 거잖아요?"

저도 모르게 미소가 지어졌습니다. 저와 오랜 시간 함께 일해온 후배 카피라이터가 던진 한 줄의 문장 안에 제가 하고 싶은 많은 이야기들이 담겨 있었으니까요. 창의적인 생각을 만드는 건 '태도'입니다. 제가 지금까지 만났던, 창의적인 사람들에겐 공통점이 있었습니다. 남들의 창의적인 생각을 들으면, 그 낯선 각도를 금방 알아챕니다. 그리고 그것을 질투하기보다는, 부러워합니다.

또 하나 중요한 포인트가 있습니다. 충분히 감탄하면서, 평가는 유보합니다. 옳고 그르고 내게 맞고 안 맞고를 떠나서, 생각의 좋은 부분은 일단 받아들이는 거죠. 그래서일까요? 같은 것을 봐도 태도가 좋은 사람은 훨씬 더 많은 것을 느끼는 것 같습니다. 더 많이 빨아들이기 때문에, 더 많이 내놓을 수 있는 걸까요? (빠른 감탄과 느린 판단. 하지만 업무의 영역에서는 이야기가 좀 달라집니다. 일 잘하는 창의적인 사람들은 남들의 생각을 존중하되, 적절한 시점에서 '판단'하더군요. 왜 그런지 알 것 같습니다. 일을 앞으로 나아가게 하는 건 제대로 된 타이밍에서의 판단이니까요.)

'태도'와 '요령'은 조금 다릅니다. 한 달만 같이 일해봐도 그 차이를 알 수 있습니다. 요령이 좋은 사람은 이해가 빠르고, 순발력이 좋은 편이라 잠깐 같이 일해보면 업무 능력이 굉장히 뛰어나 보입니다. 네. 순발력도 분명 훌륭한 무기이죠. 하지만 어느 영역이든 깊이는 시간을 요구하는 경우가 많습니다. 요령으로 쉽게 성공한 사람은 깊이를 얻기 위한 고통스러운 과정을 달가워하지 않습니다. 그래서 몇 년의 시간이 흐르고, 요령 좋았던 후배들의 안부를 물으면, 처음과는 전혀 다른 일을 하고 있는 경우도 많습니다. 어쩌면 뛰어난 순발력의 딜레마입니다.

반면에 태도가 좋은 후배들을 만나면 저도 자세를 고쳐 잡게 됩니다. 그런 후배들에겐 하나라도 더 가르쳐주고 싶어집니다. 더 잘하고 싶어 하고, 그래서 자꾸 질문하고, 선배가 요구하는 것 이상으로 더 준비해보려고 노력하는 후배를 싫어할 선배는 없습니다. 어느 조직이든 그런 후배는 금방 소문이 납니다. 더 좋은 선배들이 그와 함께 일하고 싶어 하고, 당연히 더욱 많은 관심 속에 성장하게 되고, 그 또한 후배들에게 창의적인 영감을 주는 좋은 선배가 됩니다. 좋은 태도가 주는 선순환의 고리입니다.

태도와 더불어 창의적인 생각을 만드는 건 '훈련'입니다. 자기 단련입니다. 직관의 영역으로 보이는 '창의적인 생각'과 '훈련'이란 단어는 잘 어울리지 않는 것 같지만, 절대 그렇지 않습니다. 누군가의 생각에 일단 감탄한 뒤에, 그걸 감탄에서 끝내지 않는 것이 곧 훈련입니다. 감탄했던 지점이 어떤 것이었는지 잊지 않고, 어딘가에 적어두거나 때때로 떠올리는 것도 훈련입니다. 나를 감탄케 한 상대방이 인용한 책을 찾아보고, 좋다고 한 음악을 들어보고, 영화를 찾아보는 것도 훈련입니다. 그 또는 그녀가 쓴 창의적인 표현들을 내 말투 속에 집어넣어 보고, 내 글에 슬쩍 넣어도 보고, 지금 내가 처한 상황에서 그 또는 그녀라면 어떻게 생각했을까를 상상해보는 것. 이 모든 것이 다 '훈련'입니다.

이 작업을 반복하다 보면 어느 순간, 내가 그들과 (똑같지는 않지만) 비슷한 방식으로 생각하고 있다는 느낌을 받습니다. 나의 생각하는 각도가 조금은 넓어졌다는 기분이 듭니다. 그리고 나만 그 변화를 느끼는 줄 알았는데, 내가 신뢰하는 누군가가 '너 좀 달라졌다'는 반응을 보입니다. 이것은 생각보다 굉장히 짜릿한 경험입니다. '감탄과 단련', '감탄과 단련'을 무한 반복하면서 우리는 조금씩 더 크리에이티브해지는 거죠.

그러니 창의력을 가르칠 수 있을까요? 태도는 오랜 시간에 걸쳐 '스스로' 완성한, 세상을 바라보는 방식이고, 훈련 또한

'스스로' 시간을 투입해 수행해야 하는 일인데 말이죠. 그래서 크리에이티브해 '보이는' 요령은 있을지 몰라도, 금방 크리에이티브해'지는' 방법은 세상 어디에도 없습니다. 창의력을 단기완성해줄 것 같은 책들의 효과가 미미한 이유가 여기에 있습니다.

물론, 방법이 아주 없는 건 아닙니다. 창의력을 폭발시키는 것은 어설픈 물리적 주입보다 오히려, 화학반응에 가깝습니다. 재미있는 생각을 잘하는 친구, 아이디어가 좋은 동료, 생각이 깊은 후배와 위트 넘치는 선배, 그런 사람들과 정기적으로 만나는 방법이 있습니다. 그들 앞에 내가 가진 생각을 내놓고, 피드백을 받고, 뭔가를 함께 만들어가는 경험이, 백 권의 창의력 관련 책을 읽는 것보다 낫습니다.

몇 년 전 인상적으로 읽은 책이 있습니다. 노벨문학상을 수상한 터키의 작가, 오르한 파묵이 쓴 『내 이름은 빨강』이란 책입니다. 주인공은 16세기 오스만투르크제국에서 종교화를 그리는 세밀화가입니다. 급격하게 변화하는 시대의 흐름 속에서, 자신의 화풍에도 변화를 주고 싶은 화가와, 변화는 곧 신의 말씀을 거역하는 것이라 주장하는 어느 세력 사이에서 벌어지는 살인 사건에 관한 이야기입니다. 화가가 주인공이다 보니 창작의 고통에 대한 구절들이 많이 나오는데요. 그중 이런 문장이 있었습니다.

화가는 종이 앞에서는 항상 혼자야.

–『내 이름은 빨강』, 오르한 파묵 저, 이난아 역, 민음사

진심으로 공감했던 한 줄이었습니다. 제가 카피를 쓰겠다고 노트북을 켜고 앉아서 느꼈던 감정과 굉장히 비슷했거든요. 어떤 화가도, 종이 앞에 서면 혼자가 됩니다. 도와줄 사람이 없습니다. 종이 앞에서 잘 '그리는 척'하는 것은 아무런 소용이 없습니다. 결국은 그림이 말해야 하는 거니까요. 자신의 발상과 붓질로 증명해야 하니까요. 그러니 이곳엔, 요령이 끼어들 틈이 없습니다.

저 문장 속의 '화가'라는 단어를 '생각을 직업으로 삼는 사람'으로 바꿔도 마찬가지죠. 아마도 이 글을 읽으실 분들은, 무언가를 생각하고, 다듬어서, 밖으로 내보내는 일을 하고 있는 분들이 많으실 겁니다. 혹은 앞으로 그런 일들을 하실 확률이 높을 겁니다. 우리는 모두 결정적인 순간에 종이 앞에서 혼자가 됩니다. 그런 순간을 묘사하기 위해 '백지의 공포'라는 말이 있나 봅니다. 아이디어를 내기 위해 종이와 홀로 마주하는 순간은 누구에게나 부담스러우니까요.

그 순간 주눅 들지 않고, 백지를 깜짝 놀랄 그림으로 채우는 비결은 멀리 있지 않습니다. 평소에 종이 앞에, 혼자, 오래 앉아 있어 보는 겁니다. 순간적인 요령에 기대지 않고, 일상 속에서 꾸준히 자극받고, 깊게 느끼는 겁니다. 직접 발상해보고, 믿을 수 있는 이에게 피드백을 받는 겁니다. 꾸준한 운동으로 우리 몸의 근육을 키우듯, 꾸준히 시간을 내서 생각의 근육을 단련하는 겁니다.

감탄과 단련의 반복. 이것은 요령으로 해낼 수 있는 일이 아닙니다. 꾸준함의 영역이자 태도의 영역입니다. 당연히 시간이 걸리고 힘이 듭니다. 하지만 작은 위안이 하나 있습니다. 시간을 들여 완성한 것은, 쉽게 사라지지 않습니다. 게다가 남들이 그것을, 쉽게 따라 할 수 없습니다. 김연아의 폭발적인 점프가 꾸준한 연습이 준 선물이었던 것처럼. 박지성의 플레이가 그의 굳은살 가득한 발에서 시작된 것처럼. 최고의 맛집은 언제나 하루도 거르지 않고 새벽 시장을 들르는 주인장의 아침 발걸음에 빚지고 있는 것처럼. 그리고 이 모든 것을, 어느 누구도 쉽게 따라 할 수 없는 것처럼 말이죠.

P A R T 3

더 좋은 생각으로 향하는 '과정'

"언어는 일정한 기울기로 늘지 않는다."
- 20세기의 어느 토익 교재

내가 이걸 왜 하는지를 모르면서 무언가를 공부한다는 건 슬픈 일입니다. 제가 대학에 다니던 시절, 영어라는 과목이 그랬습니다. 고백하자면, 당시 영어 점수 고득점에 대한 제 욕망은 '공포'에서 출발했습니다. 미래의 내가 일하게 될 곳에서 영어로 의사소통하는 능력이 얼마나 중요할지에 대한 '고민'이 아니라, 이력서에 적힌 영어 점수가 별로라는 이유로 지원한 회사에서 나를 떨어뜨리면 어쩌지 하는 공포 말이죠.

그 공포가 몇 권의 토익 교재를 사게 만들었고, 토익 학원 수강증을 끊게 했습니다. 그 공포는 비단 저만 느꼈던 것이 아니라, 대한민국 공교육 12년을 받은 다수의 집단 공포였습니다.

공포를 느낀 친구들과 함께 간 학원에서는, 긴 지문을 다 읽지 않아도 답을 빠른 시간 안에 '골라낼' 수 있는 테크닉 같은 것들을 배웠습니다. 문제는 푸는 것인데, 우리는 답을 고르는 법을 배웠습니다. 정확히 기억나지는 않지만, 듣기 시험에서 질문이 'What'으로 시작하면 명사로 시작하는 답을 골라라 하는 식의 기술을 배웠던 것 같습니다.

기술은 역시 기술이었습니다. 점수가 올라가더군요. 하지만 당시에 배운 그 영어 기술들이 정작 외국인 앞에서는 아무런 쓸모가 없었습니다. 당연한 결과였죠. 우리가 학원에서 배운 그 기술은 커뮤니케이션을 목적으로 태어난 기술이 아니었으니까요. 그러니 어떤 의미에서 기술은 정직했습니다. 목적에 맞는 결과만을 끌어냈으니까요.

다행인 것은, 그 시절의 토익 공부가 제 인생에 남을 문장 하나를 선물했다는 겁니다. 지금은 출처조차 기억나지 않는 그 문장.

언어는 일정한 기울기로 늘지 않는다. 계단처럼 는다.

당시 영어로 버벅거리던 제게 이 두 줄의 문장은 상당한 위로가 되었습니다. 내 영어 실력이 좀처럼 늘지 않는 것은, 내가 다음 계단으로 올라가기 위한 지루한 '직선 주로' 위에 있기 때문

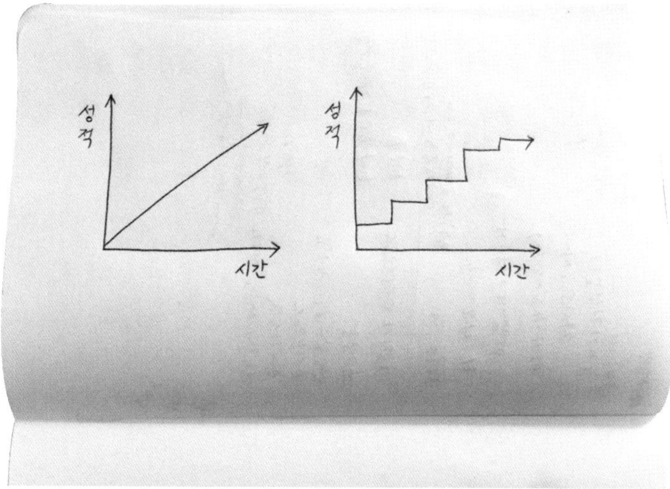

당시 토익 교재에 그려져 있던 그래프는 아마도
이런 모양이었던 것으로 기억합니다. 캡션을 달아준다면,
'영어 성적 향상 곡선에 대한 오해와 실제' 같은 제목이 어울리겠네요.

이었으니까요. 내가 지금은 벽에 부딪힌 것 같지만 생각하기에 따라 이것은 벽이 아니라 다음 계단의 시작점일 수도 있는 거니까요.

그 문장을 한동안 잊고 살던 어느 날이었습니다. 꽤 오래전의 일입니다. 그때 일군 영어 성적의 힘 때문인지는 알 수 없지만, 저는 직장인이 되었고, 연차가 쌓였죠. 어느새 함께 일하는 후배들도 여럿 생겼습니다. 어느 정도 경험이 쌓이니, 후배들이 고민하는 패턴과 그 타이밍이 보이기 시작했습니다. 대학교를 3, 4년 다니고 나면 신입생들이 어느 시점에서 어떠한 고민들을 할지가 대충 예측되는 것처럼 말이죠. 군대를 다녀온 사람, 아이를 낳고 키워본 사람이 이제 막 그 과정을 시작하는 사람들에게 몇 가지 조언을 해줄 수 있는 것도 비슷한 맥락이겠죠. 아마도 그건, 인생의 강렬한 순간들은 대체로 비슷한 단계를 밟으며 진행되기 때문인가 봅니다.

당시 같은 팀에서 일하던 장준호라는 후배가 눈에 띄게 표정이 어두워진 것이 느껴졌습니다. 그 시절 그 후배는 아이디어를 내는 족족 가루가 되는 중이었습니다. 광고업계는 아이디어에 대한 피드백이 대단히 빠릅니다. 정해진 시간에 각자가 준비한 아이디어를 설명하고(이 과정을 내부 용어로 아이디어를 '깐다'라고 표현합니

다) 그 자리에서 팀장 또는 동료들의 의견을 듣게 됩니다.

좀 더 솔직히 말하면, 의견을 기다릴 필요도 없습니다. 내 아이디어를 까는 순간 주위 사람들의 표정이나 회의실 탁자에 기대 내 이야기를 듣는 자세만 봐도, 오늘 내가 얼마나 좋은 아이디어를 가져왔는지 혹은 얼마나 거대한 삽을 들고 있는지를 알게 되니까요. 광고회사의 회의실은 가끔 짜릿하고, 대체로 가혹한 장소입니다. 연차가 쌓이면 가혹의 빈도가 조금 줄긴 합니다만, 역시나 쉽지 않죠.

가루가 되어 괴로워하던 그 후배가 먼저 밥을 사 달라고 했는지, 제가 먼저 사준다고 했는지는 잘 기억나지 않습니다. 회사 근처 덮밥집에 갔고, "힘드냐"고 물었습니다. 그러자 그 말이 열쇠가 되어 어딘가에 있는 자물쇠를 연 것처럼, 식탁 위로 고민들이 쏟아졌습니다. 자신이 요즘 팀에 얼마나 쓸모없는 존재인지. 자신의 한계는 딱 그 정도까지인지. 밤늦게까지 고민하고 새벽같이 회사를 나와도 아이디어는 왜 거기서 거기인지. 그 와중에 대충대충 일하는 것 같은 선배들은 어떻게 자기보다 월등해 보이는 아이디어를 가져오는지.

어떤 말을 해줄까 고민이 들더군요. 그냥 괜찮다고 넘어가기에는, 제 눈에도 그 친구의 슬럼프가 꽤 깊어 보였습니다. 그런데 가만히 생각해보니, 지난날 저도 똑같은 일을 겪었습니다.

아무것도 모르고 즐겁게 아이디어를 내던 시절이 있었습니다. 그러던 어느 날 내 아이디어가 계속 동어반복처럼 느껴지고, 그러다 내가 쓸모없어 보이는 시간이 오고, 그 시간이 길어졌습니다. 그렇게 회의실에서 아이디어를 설명하는 시간이 두려웠던 시간들이 있었습니다.

그러다가 어느 순간, 선배들이 내 아이디어의 어떤 부분을 살짝 칭찬하는 것이 느껴지고, 스스로 생각해도 실력이 좀 늘었다는 자신감이 생기는 순간이 찾아오고, 그 시간 또한 길게 이어졌습니다. 말하자면 실력이 일정한 기울기로 늘지 않고 계단처럼 늘었던 겁니다. 정체와 성장, 정체와 성장이 있었던 겁니다. 지난날의 토익 책이 가르쳐준, 언어가 느는 방식처럼 말이죠. 생각에도 계단이 있었던 겁니다.

그렇게 불현듯 떠오른 그 생각을 후배에게 전했습니다. 생각에도 계단이 있는 것 같다고요. 지금의 너와 그때의 나도 별다를 바 없다고요. 넌 지금 계단 위에 서 있는 거고, 네가 부딪힌 건 벽이 아니라 다음 단계로 올라서는 계단의 시작점이라고요. 지금은 고통스럽겠지만 시간이 지나면 한 계단 위로 올라가 있을 거고, 나도 그랬다고요. 후배는 여전히 한숨을 쉬었고, 뒤늦게 밥을 몇 술 떴고, 그렇게 우리는 다시 회사로 돌아갔습니다.

그리고 몇 주 후. 후배가 다시 아이디어를 설명하는데, 뭔가 달랐습니다. 변화가 느껴지더군요. 말하자면, 계단을 하나 오른 겁니다. 대견했습니다.

생각의 계단에서 한 가지 다행스러운 일은, 계단을 오르기는 쉽지 않지만, 일단 오른 후엔 아래 칸으로 내려가는 일은 드물다는 겁니다. 그 후배도 한 번 오른 계단을 내려가지 않았습니다. 지금은 다른 회사에 있지만, 들리는 말에 의하면 그 회사에서도 좋은 평판을 쌓으며 일하고 있다고 합니다. 그 이후로도 몇 칸의 계단을 스스로 올라섰기 때문이겠죠.

지금 이 시간에도 수많은 사람들이 자신의 생각하는 능력에 한계를 느끼고 괴로워하고 있을 겁니다. 더 이상은 넘을 수 없어 보이는 벽 앞에서 쪼그리고 앉아 있는 경험은 비참합니다. 하지만 더 비참한 건, 나는 결코 못 넘는 벽을 누군가 넘는 모습을 보는 것이죠.

매일 생각하는 일로 월급을 받는 저라고 해서 그런 모습으로부터 자유롭지는 못합니다. 하지만 한계를 만났다는 생각이 들 때, 이렇게 생각하니 조금 위안이 되더군요. 이것은 정말 벽일까. 아니면 다음 단계로 넘어가는 계단의 초입일까. 부디 이것이 계단이기를. 언젠가, 이 고통스러운 시간을 다음 계단 위에서 내려다볼 수 있기를.

"창의력은 '스퀴즈 아웃squeeze out'이 아니라
'스필 오버spill over'가 되어야 한다."
- 박웅현

동 굴 속 으 로

저는 몇 번의 회사를 거쳐 지금의 회사에서 일하고 있습니다. 어느새 이 회사에서 카피라이터로서 가장 오랜 기간을 보내고 있는 중이죠. 베스트셀러 작가로 어딜 가나 사인 공세를 받으시는 박웅현 CD가 제 오랜 팀장님입니다.

회사생활을 해보신 분들은 아시겠지만, 일이든, 삶이든 함께 일하는 팀장과 팀원들에게 상당한 영향을 받게 됩니다. 당연한 일이죠. 때로는 가족보다 오랜 시간을 보내는 게 회사 사람들이니까요. 오랜 시간 함께 일한 만큼 기억나는 일들도 많습니다. 제가 지금의 회사로 옮기고 얼마 지나지 않아서 겪은 일입니다. 만화 같지만, 이런 일이 있었습니다.

때는 오월의 어느 날. 거짓말처럼 일이 빠졌고 (광고업계에선 일이 마치 파도인 것처럼 '들어오고', '빠진다'는 표현을 씁니다. 누가 처음 떠올렸는지 모르지만 굉장히 절묘한 표현입니다. 일은 늘 들어오고, 빠지죠. 엄청나게 바쁘다가도 반드시 한가한 시절은 옵니다. 반대로 일이 없어 불안하다가도 곧 눈코 뜰 새 없이 바빠집니다. 밀물과 썰물처럼요. 슬프게도 밀물의 비중이 훨씬 많긴 합니다만.) 팀 사람들은 일이 몰아치던 스케줄에 익숙해진 나머지 갑자기 한가해져버린 그 시간을 좀 어색해하고 있었습니다. 다들 관성처럼 각자의 자리에 앉아 3일 정도를 인터넷 서핑만 하면서 보냈죠. 사실 편한 걸로 따지면 이것저것 알아보고 밖으로 나다니는 것보다, 사무실에서 마우스를 만지작거리는 게 제일 편해서였던 것 같습니다. 그러던 어느 날, 갑자기 팀장님께서 팀원들에게 전체 메일을 보내셨습니다. 메일을 열어보니 내용은, 딱 두 줄.

노는 것도 능력이다.
난 능력 있는 후배가 좋다.

짜릿했습니다. 두 줄짜리 카피 같기도 했고요. 세상에 이런 일이 있구나. 팀장이 팀원들에게 밖에 나가 놀라고 하다니.

그런데 생각해보니, 그것이 매번 바닥까지 머리를 짜내야 하는 이 일을 오래 할 수 있게 만드는 방법이었습니다. 같은 맥락에서, 그는 이런 말도 했습니다.

> 창의력은 '스퀴즈 아웃squeeze out'이 아니라 '스필 오버spill over'가 되어야 한다.

발상은 짜내는 것이 아니라, 채운 것들이 자연스럽게 흘러넘치도록 해야 한다. 강력히 동의하는 바입니다. 이 말에 제 생각을 조금 더해볼까요?

사람의 생각은 치약과 같습니다. 억지로 짜내면 어떻게든 나오지만, 그것이 영원하지 않습니다. 네. 더 이상은 나올 수 없을 것 같은 치약도, 온 힘을 다해 짜면 한두 번 쓸 만큼의 분량을 내놓습니다.

위기에 닥친 당신이 몇 날 며칠의 야근을 통해 문제를 해결해 본 경험은 바로 이 억지로 짜낸 치약과 같습니다. 스퀴즈 아웃은 당신을 치약으로 만드는 일입니다. 네. 처음엔 짜내는 일이 그다지 고통스럽지 않습니다. 당신의 인생을 통틀어 그동안 쌓아놓은 소재들이 있을 테니까요.

하지만 어느 날, 나의 바닥이 보이는 날이 찾아옵니다. 짜고 짜도 아무것도 나오지 않는 날이 찾아올 겁니다. 당연한 일이겠죠. 그동안 짜내기만 했을 뿐, 제대로 채운 적이 없었으니까요. 겪어보면, 생각보다 고통스러운 날입니다.

여기 이 고통스러운 상황을 막는 대책들이 있습니다. 인간이 치약이 되는 것을 막는 몇 가지 팁이 되겠군요.

인간 치약화 방지대책, 그 첫 번째는 박웅현 CD가 언급한 스필 오버입니다. 흘러넘치게 하는 거죠. 틈날 때마다 인풋을 늘리는 겁니다. 안 보던 책을 보고 낯선 음악을 들어보는 겁니다. 가지 않던 곳을 가고, 만나지 않던 사람을 만나는 겁니다. 그렇게 당신 안에 들어간 생각들이 가득 차올라 자연스럽게 흘러넘칠 수 있도록 말이죠. 생각이 흘러넘친다는 말이 얼마나 이상적이고, 한가하게 들릴 수 있는 말인지는 잘 알고 있습니다. 하지만 의식적으로 꾸준히 인풋을 쌓으면, 적어도 나의 밑바닥을 보는 빈도는 줄어듭니다.

대책 두 번째. 나만의 동굴을 준비합니다. 그리고 가끔 그 안에 들어가 숨습니다. 구석기 시대도 아닌데 무슨 동굴 타령이냐고요? 여기서 동굴이란, 타인이 당신을 쉽게 건드리지 못하는 공간입니다. 동굴은 자전거 타기일 수도, 한여름의 야구장일 수도 있습니다. 보고 싶은 만화를 잔뜩 쌓아두고, 계란 넣은 라면을 후후 불어 먹는 만화방 소파 위일 수도 있습니다. 당신만 아는 어떤 비밀스러운 곳이라면, 모두 동굴이 될 수 있습니다.

그곳에서 머리를 비우고, 생각이 가득 차오르기를 기다리는 겁니다. 짐승들이 몸을 다치면 자기만의 은신처에 웅크리고 누워 몸이 회복되기를 기다리는 것처럼 말이죠. 몰두하는 시간만큼, 아무것도 하지 않는 시간도 중요합니다. 회사와 일과 가족을 위한 시간만큼, 온전히 나 자신을 위한 시간도 필요합니다.

회사 동료 중에 흥미로운 사례가 있습니다. 광고 디자이너이면서 아이 엄마이기도 한 이지윤 아트 디렉터 이야기인데요. 일하랴 육아하랴 양쪽을 오가며 극도의 스트레스를 받던 그녀는, 불현듯 '어떤 생각'이 떠올라 집값이 싼 동네의 옥탑방을 하나 구했다고 합니다. 언덕배기의 옥탑이라 가격은 저렴하지만, 바로 그 이유 때문에 눈앞이 탁 트인 곳. 그녀는 이 공간을 작업실로 꾸며서 시간이 날 때마다 들른다고 합니다.

그곳에 들르는 날은 온전히 쉬는 날. 그곳에서 그녀는 개인 작업도 하고, 가끔은 친구들을 불러 시간을 보낸다고 합니다. 재미있는 것은, 생각보다 굉장히 저렴한 월세로도 이게 가능하다는 겁니다. (그녀는 거듭, 돈이 많아서가 아니라는 점을 강조했죠.) 옆 팀 사람들이 그 작업실에서 송년 파티를 한 사진을 보니, 멀리 한강도 내려다보이더군요. 아마 그곳이 그녀가 가끔 숨는 동굴이겠죠.

대책 세 번째. 주말입니다. 머리로 하는 일은 앉을 자리만 있으면 일을 할 수 있는지라, 업무와 사생활이 분리되기 쉽지 않은 것이 사실입니다. 많은 광고회사와 디자인회사들의 야근과 주말 반납에 대한 악명들이 그 증거입니다. 그런데 주말이라니요. 대체 무슨 한가한 소리냐 하는 분들이 계실 겁니다. 그런데 좀 거칠게 말하면, 주말을 확보하는 것은 불가능한 일이 아닙니다.

저희 팀의 원칙은 '주말에는 일을 하지 않는다'입니다. 경쟁 프레젠테이션이 잡혀도, 중간에 끼어 있는 주말엔 일을 하지 않는다는 전제 아래 계획을 짭니다. 어마어마한 일의 파도가 몰려오는 기간에도 주말은 쉽니다. 이것이 '원칙'입니다.

그리고 정말 어쩔 수 없는 경우에만 주말에 업무 스케줄을 잡습니다. 이를테면, 광고감독님들의 스케줄이 한데 몰려 있어 어쩔 수 없이 주말에 촬영을 해야만 할 때, 경쟁 프레젠테이션이 월요일에 잡혀 있을 때(프레젠테이션 전날에는 최종 리허설을 해야 하니까요), 광고의 온에어 스케줄이 굉장히 빡빡해서 주말에 중간 점검을 하지 않으면 정상적인 프로젝트 마감이 불가능할 때. 이런 상황들이 '예외'입니다.

주말에 일을 하지 않기 위해서는 주중의 밀도가 높아야 합니다. 낭비되는 시간이 없어야 합니다. 회의를 9시부터 잡고, 시간을 1시간 단위로(바쁠 때는 30분 단위로) 씁니다. 필요하면 점심시간도 쪼개 씁니다. 같은 맥락에서 야근도 '하지 않는 것'이 원칙입니다. 어쩔 수 없이(특히 디자이너들의 경우) 야근을 하는 경우가 생기긴 하지만 말이죠. 이렇게 하루를 보내고 집에 돌아가면, 어떤 날은 지하철을 타자마자 다리가 풀립니다. 하루의 밀도가 높은 거죠. 그런데 팀원들의 만족도는 이쪽이 훨씬 큽니다. 주말이 기다리고 있고, (생각보다 자주) '저녁이 있는 삶'이 있으니까요.

고백하자면 저도 한때 '광고회사에 다니는 사람이 주말을 확보하는 건 불가능하다'고 믿었던 사람 중 한 명이었습니다. 그런데 그렇지 않더군요. 지금의 회사로 옮기고 나서 제가 속한 팀이 일하는 모습을 보니, 처음 한동안은 좀 어이가 없었습니다. 같은 서울 하늘 아래에서 일하는 같은 광고인들일진대, 이 팀은 프레젠테이션을 2개씩 소화하면서도 주말을 꼬박꼬박 쉬고, 그럼에도 모든 일이 정상적으로 굴러가더군요. 물론 아침 9시부터 30분 단위로 회의를 이어가는 스케줄에 적응하기는 쉽지 않았습니다. 뇌에 쥐가 나는 느낌을 받았거든요.

하지만 과거로 돌아가고 싶지는 않았습니다. '마라톤'만 있고

'회의'는 없었던 마라톤 회의. 제발 누군가의 머리에서 아이디어가 뚝 떨어지기를 기다리며, 대부분의 구성원이 딴생각을 하며 보냈던 것이 분명한 밤 9시 회의. '우리는 지금 주말에도 일하고 있어'라는 위안을 얻기 위해 모여 그저 시간을 낭비한 주말 회의. 이런저런 회의의 연속이었던 날들로 말이죠.

고백하자면, 솔직히 이런 생각도 했습니다. '이 시스템이 굴러가는 건 팀 리더가 특별히 뛰어나기 때문이다.' 그런데 '주중 올인 주말 확보' 시스템 아래에서 몇 년을 보낸 제가 팀장이 되고 나서 시험해보니, 저도 이 시스템을 굴릴 수 있더군요. 놀랍게도, 박웅현 CD 밑에서 일을 배운 다른 CD가 운영하는 팀도 이런 식으로 주말을 확보하고 있었습니다. 다른 대행사의 몇몇 CD분들도 이런 시스템을 시도하고 있다고 들었습니다.

물론 회사마다 상황이 다르고, 광고주와의 관계에 따라서도 상황이 다를 겁니다. 저도 그 괴로움을 모르지 않습니다. 제가 말씀드리고 싶은 것은, 주말 근무와 야근을 당연하다고 생각하는 것과, 어떤 식으로든 일과 시간 중의 밀도를 높여 별도의 개인 충전 시간을 확보하는 것을 원칙으로 하는 것은 다르다는 겁니다. 스퀴즈 아웃에 지친 당신을 스필 오버 하게 해줄지도 모르는 저녁과 주말. 리더의 강력한 의지와 구성원의 적극적인 협조가 있다면, 절대 불가능한 것이 아닙니다.

여전히 저도 주말에 회사를 가고, 주중에 야근을 하는 날이 꽤 많은 달이 있습니다. 그럴 때 우리 팀 사람들의 뒷모습을 보면, '주말이 있는 인생'을 주장하고 다닌 제 모습이 부끄러워지곤 합니다.

하지만 중요한 것은, 우리가 가야 할 방향이 어느 쪽이란 걸 알고 있는 것 아닐까요? 고도로 생각을 집중해야 하는 많은 직업들이, 사생활이 없다는 이유로 기피 대상이 되는 일이 없었으면 좋겠습니다. 인간 치약화 방지대책. 충분히 시도되지 않았을 뿐, 불가능한 건 아니니까요. 스퀴즈 아웃이 아니라 스필 오버할 수만 있다면, '생각의 기쁨'이 있는 이런 일들은 그 무엇보다 재미가 넘치는 매력적인 직업이니까요.

"말 없는 자는 상대를 수다쟁이로 만든다."

- 출처 미상

빈 틈 의 중 력

영국에서 지낼 때의 일입니다. 외국생활을 하다 보니 한국의 모든 것이 그리워졌습니다. 딱히 애국자인 것도 아니었는데, 그냥 제가 살았던 곳의 음식과 사람과 거리들이 너무나 그리웠습니다. 그래서 런던 시내의 대형 서점에 들르는 날이면 꼭 여행서 코너에 들러서 한국을 소개한 책들을 봤습니다. 궁금했거든요. 태어나서 가장 오랜 시간을 보낸 나라가 지구 반대편에 여전히 잘 붙어 있는지. 타인의 눈으로 보면, 우리의 어떤 부분이 제일 인상적인지. 여행 가이드북들은 대체로 그 나라의 가장 매력적인 부분을 소개하는 법이니까요.

때는 2005년이었던 것으로 기억합니다. 여행서 코너에서 한국 여행 가이드북을 꺼내 들고는 깜짝 놀랐습니다. 세계적으로 유명한 가이드북 시리즈인 론리 플래닛Lonely Planet '서울편'의 표지 사진은 놀랍게도, 네온사인이 가득한 명동의 거리였습니다. 당시 그 표지를 봤을 때의 황당함을 기억합니다. 내 나라에 얼마나 아름답고 이색적인 것들이 많은데, 한국을 상징하는 이미지가 고작 명동의 네온사인이라니요.

하지만 낯선 이의 눈으로 보면, 거리의 모든 가게들이 각자가 가진 목소리의 최대치로 소리를 지르는 저 간판들이 곧 '한국'이었던 것입니다. 물론 당시에 비하면 지금은 그 '목소리'가 많이 부드러워졌지만 말이죠. 저도 몇몇 나라를 다녀봤지만 좁은 공간에서 수많은 간판들이 소리 지르는 명동 같은 공간을 만나기는 쉽지 않았습니다. 아마 우리 사회 특유의 밀도와 경쟁 때문이겠죠?

제가 다니는 회사는 외국계라서 세계 여러 나라에 지사가 있습니다. 몇 년 전 서른 개가 넘는 나라에서 모인 비슷한 경력의 동료들과 일본에서 워크숍을 한 적이 있는데요. 3박 4일의 일정을 마치고 다 함께 도쿄의 신주쿠를 걷는데, 상점가 입구를 지날 때—특히 서양에서 온 친구들은—일제히 카메라를 꺼내 사진을 찍더군요. 웃고, 탄성을 지르고, 셀카를 찍어댔습니다. 도쿄라는 도시의 밀도가 그들에게는 신기했던 겁니다. 간판의 양

2005년 런던의 대형 서점에서 발견하고
충격과 공포에 빠지게 된 론리 플래닛 서울편 표지.

과 복잡함만 놓고 보면 도쿄의 그것이 명동보다 한 수 아래였는데도 말이죠.

사람들은 본능적으로 무언가를 자꾸 채우려 합니다. 빈 곳을 불편해하죠. 그래서일까요? TV광고를 위한 30초의 시간, 또는 인쇄광고를 위한 일정한 공간이 확보되면 가능한 모든 메시지를 집어넣으려 합니다. 특히 광고를 처음 하는 광고주일수록 그런 경향이 짙습니다.

이해합니다. 1초당 지불해야 하는 비용은 정말 어마어마하죠. 그런데 메시지의 파괴력을 생각한다면, 완벽하게 꽉 찬 광고보다 더 효과적인 건 적절히 빈틈을 준 광고입니다. 그동안의 제 경험으로 판단해보면 발신자가 하고 싶은 모든 말을 하는 30초보다, 수신자가 생각할 여백이 들어 있는 30초가 더 효과적이었습니다.

프레젠테이션도 마찬가지입니다. 한 장을 숫자와 도표와 글자로 가득 채운 파워포인트 파일을 여전히 많이 봅니다. 그 한 장을 띄워놓고, 프레젠터는 전하고 싶은 모든 말을 쏟아놓죠. 그러나 앉아서 그 말들을 듣다 보면, 누가 저 얘기를 다 듣고 따라갈까 싶을 때가 많습니다.

이런 일방적인 프레젠테이션의 반대편에, 스티브 잡스의 프레젠테이션이 있습니다. 한 장에 한 줄 이상의 문장을 넣지 않고, 장과 장 사이에 충분한 시간을 할애합니다. 듣는 이가 생각하며 따라올 시간을 주는 겁니다.

프레젠테이션이 업무의 가장 중요한 부분 중 하나인 광고회사가 어느 순간 일제히 스티브 잡스의 프레젠테이션 스킬을 쓰기 시작한 건, 그 방법이 더 효과적이라는 걸 시장에서 확인했기 때문일 겁니다. 가득 채우기보다, 틈을 주고 상대가 들어올 여지를 주는 방법 말이죠.

빈틈에는 중력이 있습니다.

제가 좋아하는 문장 중에, '말 없는 자는 상대를 수다쟁이로 만든다'라는 말이 있습니다. 누군가 말을 많이 하면, 내 말이 끼어들 틈이 없죠. 상대가 과묵하면(하지만 당신의 말을 듣고 있다는 신호를 주면) 나도 모르게 그 틈을 메우려 들게 됩니다. 이것은 단지 사람과 사람 사이의 대화에 대한 이야기가 아닙니다. 어떤 콘텐츠든 수신자로 하여금 들어올 여지를 주면, 나도 모르게 개입하고 싶어지고, 일단 개입이 시작되면, 그것에 대한 관심도 달라집니다. 어떤 영화가, 노래가, 소설이, '저건 내 얘기야'가 되니까요.

제가 정말 좋아하는 인쇄광고를 하나 소개하겠습니다. 벌

뉴 인피니티 G 컨버터블 인쇄광고.

써 꽤 오래전 광고네요. '인피니티'라는 자동차 브랜드에서 컨버터블(뚜껑이 열리는 오픈카)이 출시된 적이 있습니다. 가격대가 꽤 높은 제품이니까 보통의 카피라이터들이라면 '프리미엄 위의 프리미엄' 같은 최상급의 단어들로 이 차를 포장하려 했겠죠.

그런데 이 광고는 좀 달랐습니다.

눈부시게 푸른 하늘을 배경으로 새하얀 자동차를 세워놓고, '인생은 항해다. 이것이 요트다'라는 카피를 달았습니다. '프리미엄 위의 프리미엄' 같은 카피가 얹혀 있었다면 제 시선은 저 지면에서 광속 탈출했을 겁니다.

그런데 '항해'와 '요트'란 낯선 말들을 들으니, 저도 모르게 수수께끼를 풀고 싶어지더군요. 문장 안에 가만히 머물고 있자니, 정말 좋은 표현이라는 생각이 들었습니다. '그래, 인생은 항해지. 이런 멋진 차는 그러니까 진짜 요트 같은 거네.'

인피니티라는 자동차 브랜드가 하고 싶은 말(나 최상급이야!)을 일방적으로 하는 대신, 제게 들어가 앉아 있을 만한 빈틈을 줬던 거죠. 그러니 저는 저 브랜드와 잠시 교감할 수 있었고, 그 시간이 있기 전과 후의 인피니티를 향한 제 관점은 굉장히 많이 달라졌습니다.

노래를 예로 들어볼까요? 제가 좋아하는 패닉의 '정류장'이란 곡입니다.

해질 무렵 바람도 몹시 불던 날
집에 돌아오는 길 버스 창가에 앉아
불어오는 바람 어쩌지도 못한 채
난 그저 멍할 뿐이었지

난 왜 이리 바본지 어리석은지
모진 세상이란 걸 아직 모르는지
터지는 울음 입술 물어 삼키며
내려야지 하고 일어설 때

저 멀리 가까워 오는 정류장 앞에
희미하게 일렁이는
언제부터 기다렸는지 알 수도 없는
발만 동동 구르고 있는 그댈 봤을 때

나는 아무 말도 못하고 그댈 안고서
그냥 눈물만 흘러 자꾸 눈물이 흘러

이대로 영원히 있을 수만 있다면
오 그대여 그대여서 고마워요

이 노래를 듣고 있으면 절로 '이건 내 얘긴데?'라는 생각이 듭니다. 그런데 주위에 물어보니 저만 그런 게 아니더군요. 누구에게나 집으로 돌아가던 길에 버스 창밖을 바라보며, 풀리지 않던 세상일에 멍했던 기억이 있으니까요. 왠지 바람이 몹시 불었던 것 같은 그날, 집에 다 와가는데, 나를 기다리고 있는 누군가의 희미한 그림자를 본 경험. 조금씩 다르지만, 누구에게나 있잖아요.

다시 말하면, 이 노래는 들어올 여지가 굉장히 많은 가사를 가지고 있습니다. 사실 사랑받는 많은 노래들이 그렇습니다. 가사라는 뼈대가 '적당한 선에서' 구체적이어서, 모두가 각자의 사연들을 그 뼈대에 걸 수 있는 겁니다. 만일 '600번 버스 창가에 앉아'라거나 '저 멀리 가까워 오는 신사동 정류장 앞에' 같은 가사가 붙어 있었다면 감정의 이입 정도가 또 다를 겁니다. 제 생각엔 이 노래의 백미는 2절의 첫 소절입니다.

낙엽이 뒹굴고 있는 정류장 앞에
희미하게 일렁이는

까치발 들고 내 얼굴 찾아 헤매는
내가 사준 옷을 또 입고 온 그댈 봤을 때

처음 이 노래를 들었을 때, '내가 사준 옷을 또 입고 온'이란 부분에서 눈물이 핑 돌더라고요. 나를 기다리는 사람의, 나에 대한 마음이 느껴지죠. 일단 이 가사에 이입을 하기 시작하면 모두는 각자의 경험 속에서 '내 얼굴 찾아 헤매는' 누군가를 떠올릴 겁니다. 꼭 이성이, 연인이 아니더라도요. 원래 있던 가사의 힘에 각자의 절절한 이야기들이 더해져 훨씬 큰 감동을 느끼게 되는 거죠.

많은 이들이 깊이 사랑하는 콘텐츠에는 대체로 여백이 있습니다. 보는 이가 끼어들 틈이 있습니다. 그 틈에 자기를 집어넣고 그 노래, 영화, 그림을 자신만의 버전으로 느낄 수 있기 때문이죠.

유독 마크 로스코의 그림 앞에서 눈물을 흘리는 사람이 많은 이유도 비슷할 겁니다. 로스코의 그림은 거대한 화폭을 채운 강렬한 색감이 특징입니다. 그런데 형태가 굉장히 많이 생략돼 있고 모호해서 그림 반대편에 있는 사람을 다양한 생각에 잠기게 합니다.

마크 로스코, 〈무제〉, 1953년, 워싱턴 내셔널 갤러리.

그룹 동물원의 옛 노래 '시청 앞 지하철 역에서'를 듣는 많은 이들이 각자의 이루지 못한 사랑을 떠올리는 것도 같은 이유일 겁니다. 우연히 헤어진 연인을 만난 곳이 시청역이고, 지하철 플랫폼이라는 설정이 얼핏 들으면 구체적으로 보이지만, 결정적인 부분들은 다 열려 있거든요. 이 노래의 가사도 정말 아름답습니다.

시청 앞 지하철 역에서 너를 다시 만났었지
신문을 사려 돌아섰을 때 너의 모습을 보았지
발 디딜 틈 없는 그곳에서 너의 이름을 부를 땐
넌 놀란 모습으로 음-

너에게 다가가려 할 때에 난 누군가의 발을 밟았기에
커다란 웃음으로 미안하다 말해야 했었지
살아가는 얘기 변한 이야기 지루했던 날씨 이야기
밀려오는 추억으로 우린 쉽게 지쳐갔지

그렇듯 더디던 시간이 우리를 스쳐 지난 지금
너는 두 아이의 엄마라며 엷은 미소를 지었지
나의 생활을 물었을 땐 나는 허탈한 어깻짓으로

어딘가 있을 무언가를 아직 찾고 있다 했지

언젠가 우리 다시 만나는 날에
빛나는 열매를 보여준다 했지
우리의 영혼에 깊이 새겨진
그날의 노래는 우리 귀에 아직 아련한데

다만 오랜만에 이 노래를 들으니 '신문을 사려 돌아섰'다는 대목이 좀 낯설게 느껴졌습니다. 시대가 변한 거죠. 지금 저 가사를 다시 쓴다면 스마트폰을 들여다보다가 우연히 고개를 드는 장면으로 바꿔야 할지도 모르겠습니다.

하지만 헤어진 연인이 오랜만에 마주친 상황, 그 순간의 어색함, 살짝 남아 있는 친밀함의 기억, 평상시처럼 행동하고 싶지만 그러지 못하는 한 사람, 눈에 띄는 변화가 느껴질 만큼 훌쩍 지나버린 시간, 연인이라면 한 곡쯤 가지고 있을 어떤 노래에 대한 추억…… 이런 대목들은 어느 누구나 자신의 추억을 대입할 법한 이 노래의 '빈틈'입니다.

가끔씩 너를 생각한다고 들려주고 싶었지만
짧은 인사만을 남겨둔 채 너는 내려야 했었지

바삐 움직이는 사람들 속에 너의 모습이 사라질 땐
오래전 그날처럼 내 마음에는

이런 대목도 그렇죠. 내가 들어가 서 있기 정말 좋은 가사 아닌가요?

어디에선가 '갑옷의 틈새를 보여주는 것은, 상대에 대한 깊은 신뢰의 표현'이란 문장을 본 적이 있습니다. 우리는 이 험한 세상에서 살아남기 위해, 보이지 않는 갑옷을 이중 삼중으로 껴입고 살아갑니다. 그런 세상에서 빈틈을 보여줄 수 있다는 건, 상대를 얼마나 신뢰하는가를 설명하는 또 다른 표현일 겁니다.

거꾸로 생각해볼까요. 단단한 갑옷을 입은 것처럼 보이는 누군가가 나에게 빈틈을 보여준다면? 어쩌면 우리는 그 사람에게 더 큰 매력을 느낄 겁니다. '완결된 무엇'도 좋지만, '들어올 여지'는 더 좋습니다. 때론 빈틈을 조금 열어 보이고, 그 빈틈을 상대가 채우게끔 해보세요. 적극적으로 개입하게 만들어보세요. 완벽한 메시지를 발신하겠다는 생각을 살짝 내려놓아보세요.

빈틈에는 중력이 있고, 매력이 있습니다. 우리가 사랑에 빠지던 많은 순간들이 사실은, 완벽해 보이던 누군가가 빈틈을 보일 때 아니었던가요?

"아빠, 벚꽃이 큰 소리로
'아아' 하고 노래를 불러요."
- 유재이(만 3세)

반 대 편 의 점

아이들의 말을 듣다 보면 귀를 의심할 때가 많습니다. 생각지도 못했던 표현을 하거든요. 아이들은 존재 자체로 시인입니다. 오염되지 않은 눈으로 세상을 바라보고, 결합되지 않던 말들을 이어 붙이니, 그게 시가 아니면 그 무엇을 시라 부를까요?

어느 봄날의 일입니다. 아들을 어린이집에 데려다주러 가는 길이었어요. 매일 아침 자동차로 달렸던 똑같은 길이었죠. 다만 한 가지 다른 점이 있었다면, 동네 입구의 벚나무들이 일제히 꽃을 피워 올렸다는 사실이었습니다. 며칠 전만 해도 까맣고 칙칙했던 거리가 갑자기 새하얘졌으니 아이의 눈엔 그 변화가 신기했나 봅니다. 아들이 신이 나서 이렇게 말하더군요.

아빠, 볍꽂(벚꽃의 어린이 발음)이 큰 소리로 '아아' 하고 노래를 불러요.

나름 카피라이터로 밥벌이를 하고 있는 아빠는 '나무에서 너 좋아하는 팝콘이 나오는 것 같지 않니?' 같은 말을 준비하고 있었는데, '벚꽃이 큰 소리로 아아 하고 노래를' 한답니다. 얘기를 듣고 보니 정말 그렇게 보입니다. 까만 나뭇가지 속 어딘가에 어떻게 숨어 있었는지도 모를 꽃들이, 일제히 깨어나 봄을 노래하는 중입니다.

놀라웠던 것은 아이가 단어를 붙이는 방식이었습니다. 눈에 보이는 '꽃잎'을 두고 귀에 들리는 '노래'를 한답니다. '환하게'가 아니라 '큰 소리로'랍니다. 듣고 나서 생각해보니, 어쩌면 이것이 우리가 무엇을 '창의적이다'라고 생각하는 지점이라는 생각이 들었습니다. 놀라움은, 예측의 반대 방향에서 시작되는 거죠.

나는 지금 우물 바닥에 시체로 누워 있다.

앞 장에서 잠시 소개했던 오르한 파묵의 『내 이름은 빨강』이란 소설의 첫 문장입니다. 굉장히 강렬하죠? 첫 문장부터 독자의 기선을 제압하는 힘이 대단합니다. 이 소설의 화자는, 늦은 밤 집으로 돌아가던 길에 누군가의 음모로 죽임을 당해 우물에 빠져 죽은 화가입니다.

소설의 화자가 시체인 경우는 정말 드물죠. 소설의 긴장감이 인물 설정에서부터 시작되는 겁니다. 책의 첫 줄을 읽자마자 탄성이 나왔습니다. 어쨌거나 살아 있는 인물이 이야기를 끌어가겠지 하는 당연한 예측(너무나 당연해서 그 반대편은 생각도 못 해본 예측)이 빗나간 결과입니다. 산 자와 죽은 자. 딱 한 끗 차이인데 말이죠.

미국 대통령 얘기를 해보겠습니다. 서구 사회는 리더로서의 자질 중 화술이 굉장히 중요한 편이라고 들었습니다. 그래서일까요? 개인적으로는 별로 좋아하지 않는 조지 W. 부시나 도널드 트럼프도 연설을 들어보면 레토릭(문장의 수사 또는 짜임새와 설득력 있는 문장의 배치)을 상당히 능숙하게 쓰는 편입니다.

그리고 말 잘하기로 유명한 이 나라의 리더 중에서도 최고의 연설가로 평가받는 이는 단연, 버락 오바마 대통령입니다. 오바마는 눈빛부터 손동작, 소리의 강약 조절부터 문장의 리듬까지 어디 하나 흠잡을 데가 없는 웅변가입니다. 듣고 있으면 사람을 말 속으로 그대로 빨려 들어가게 하는 힘이 있죠. 그런 오바마의 스피치 중 최고로 꼽히는 연설은 무엇일까요?

아이러니하게도, '51초의 침묵' 연설입니다. 2011년 애리조나에서 총기난사 사건이 있었습니다. 투손이란 도시의 한 슈퍼마켓 앞에서 연설을 하려던 하원의원과 그를 둘러싼 청중들을 향해 스물두 살 청년이 무차별로 총기를 난사한 거죠. 아홉 살 소녀부터 일흔아홉의 주부까지 여섯 명이 현장에서 이유 없이 죽고 열네 명이 다친 비극입니다.

그날 안타깝게 숨진 아홉 살 소녀, 크리스티나 그린은 2001년 9월 11일(9·11 테러가 일어난 바로 그날) 태어났다고 해요. 미국의 50개 주에서 이날 태어난 아이들을 한 명씩 골라 『희망의 얼굴』이란 책에 실었는데, 공교롭게도 애리조나의 얼굴로 선정된 아이가 바로 크리스티나 그린이었답니다.

끔찍한 테러가 벌어진 날 태어난 아이. 그 아이가 다시 이런 범죄에 희생되었으니 미국 사람들의 마음은 얼마나 아팠을까요? 유튜브 등을 통해 당시 오바마의 추모 연설을 보면, 그 아픔이 그대로 드러납니다. 연설 마지막 즈음, 오바마는 이런 말을 합니다.

I want our democracy to be as good as Christina imagined it.
(나는 우리의 민주주의가 크리스티나가 상상했던 것처럼 훌륭하길 바랍니다.)

I want America to be as good as she imagined it.
(나는 미국이 그녀가 상상했던 것처럼 훌륭하길 바랍니다.)

All of us, we should do everything we can do to make sure this country lives up to our children's expectations.
(우리는, 우리 모두는, 이 나라가 우리 아이들의 기대에 부응할 수 있는 나라가 되도록 많은 노력을 기울여야 합니다.)

'아이들의 기대'라는 표현에 울컥해서였을까요? 오바마는 그 다음 문장으로 말을 이어가지 못합니다. 무려 51초 동안 말이죠. 감정을 추스르려고 고개를 끄덕여보다가, 고개를 반대 방향으로 돌렸다가, 어금니를 살짝 깨물고서야 어렵사리 말을 잇습니다. 목소리는 완연하게 흔들리고요.

그럼에도 불구하고 이 '51초의 침묵'은 그의 어떤 유려한 연설보다 강력합니다. 말하자면 이것도 기대의 반대 방향에 있기 때문이죠. 말을 굉장히 잘하는 사람의 침묵이기에 그 힘이 더 크게 느껴집니다. 오바마가 이것을 계산했는지 아닌지는 알 수 없지만, 그는 이 연설을 통해 가장 효과적이고 파괴적인 방식으로 진심을 전하고 있습니다.

이번엔 제 얘기입니다. 영국 유학 당시 '창의성'에 대한 수업을 듣다가, 굉장히 인상적인 이야기를 들었습니다. 요지는 이렇습니다. '크리에이티브해지는 방법은 간단하다. 당신의 라이벌들이 하는 방식을 모두 모아 적어봐라. 패턴이 있을 거다. 그 모든 것을 정반대로 만드는 것은 굉장히 힘들 거다. (가능하지도 않다.) 대신, 몇 가지 패턴 중 딱 하나의 포인트만을 완전히 다르게 바꿔봐라. 놀라운 결과가 있을 것이다.'

그러고 보니 그렇습니다. 제가 함께 참여했던 '진심이 짓는다' e편한세상 광고엔, 당시 대부분의 아파트 광고에 등장했던 톱스타, 그리고 비현실적인 복층 공간이 등장하지 않았습니다. 대신 진짜 우리가 사는 공간을 등장시키고, 30초 동안 조곤조곤 이야기하는 구조를 택했습니다. 톱스타 vs. 일반 모델. 15초의 비현실적인 이미지 vs. 30초의 현실적인 이야기. 이렇게 두 포인트가 기존의 광고들과는 정반대의 지점에 찍힌 점이었습니다. 그래서 달라 보였고, 그래서 꽤 시간이 지난 지금까지도 사람들의 기억에 남아 있나 봅니다.

이외의 요소들, 이를테면 광고하는 아파트가 매력적으로 보일 수 있도록 아파트 내부를 공들여 찍는다거나, 배경음악으로 기분 좋은 곡을 고른다거나 하는 아파트 광고의 기본적인 요소들은 그대로 이어갔습니다. 너무 많은 점들이 바뀌면, 오히려 마음의 문이 닫힐 수도 있을 테니까요.

한 포인트만 반대 방향으로 바꿔도 강렬한 매력을 뿜어내는 또 다른 예를 들어보겠습니다. 뜬금없지만 이런 노래를 들어보셨나요? 하춘화와 고봉산의 '잘했군 잘했어'라는 노래입니다. 어렸을 때 이 노래의 가사를 듣고 전 충격에 빠졌어요. 이런 가사입니다.

(여) 영감

(남) 왜 불러

(여) 뒤뜰에 뛰어놀던 병아리 한 쌍을 보았소?

(남) 보았지

(여) 어쨌소?

(남) 이 몸이 늙어서 몸보신 하려고 먹었지

(여) 잘했군 잘했어 잘했군 잘했군 잘했어
그러게 내 영감이라지

이 노래에서 알 수 없는 쾌감을 주는 부분은, '이 몸이 늙어서 몸보신 하려고 먹었지' 이후에 등장합니다. 뒤뜰에서 잘 뛰어 놀던 병아리를 할아버지가 잡아먹습니다. 저 할아버지 엄청 혼나겠군 싶은 포인트에서, 할머니는 도리어 '잘했군 잘했어'랍니다. '그러게 내 영감'이랍니다. 이 노래는 무려 4절까지 이어지는데, 2절 가사도 재미있습니다.

(남) 마누라
(여) 왜 그래요
(남) 외양간 매어놓은 얼룩이 황소를 보았나
(여) 보았죠
(남) 어쨌소?
(여) 친정집 오라버니 장가 들 밑천에 주었지
(남) 잘했군 잘했어 잘했군 잘했군 잘했어
그러게 내 마누라지

이 노래는 1971년에 발표된 곡입니다. 당시 얼룩이 황소는 얼마나 귀한 재산이었을까요. 그런데 그걸 친정 오라버니 장가 밑천으로 줬답니다. 딱 봐도 '부부대전'이 시작될 소재입니다. 그런데 영감은 그저 잘했다고, 그러기에 내 마누라랍니다. 피식

웃음이 납니다. 말하자면 이 부분이 이 노래가 찍은 '반대 방향의 점'입니다.

매력을 만들어내는 방법은 생각하기에 따라 이렇게 단순하기도 합니다. 반대 방향에 찍힌 하나의 점이죠. 그러니 아이디어가 마음처럼 나오지 않는 날이면 이런 방법을 써보는 건 어떨까요? 그 영역에서 모두가 하는 방식을 적어보고, 패턴을 생각해봅니다. 그리고 어느 쪽이든 딱 하나만 반대편에 점을 찍는 겁니다. 남들이 다 하는 것에서 딱 한 포인트를 반대 방향으로. 어렵다면 어렵지만, 쉽게 생각하면 또 참 쉬운 일입니다. 고백하자면, 아이디어 회의를 몇 시간 앞둔 저를 몇 번이나 위기에서 구해준 고마운 팁입니다.

"우리는 모두 하나의 책장이다."

- 유병욱

사 람 이 란 이 름 의 책 장

광고회사에서 회의를 하다 보면 별별 사람들을 다 만나게 됩니다. 굉장한 재능들이 한 회의실에 모이죠. 글로 문제를 해결하는 사람, 직관적인 비주얼로 답을 찾는 사람, 논리가 강한 사람, 한 분야에서 '덕후' 소리를 듣는 사람. 이 사람들을 한자리에 모아놓고 아이디어 회의를 하다가, 문득 이런 생각이 들었습니다. 사람들은 모두, 하나의 책장이구나.

몇 가지 예를 들어볼까요? 여행을 굉장히 많이 다녀본 사람이 있습니다. 우리 주위에 이런 사람 하나쯤은 꼭 있죠. 여행 하면 우리가 제일 먼저 떠올리는 사람. 툭 치며 나라 이름만 말해도 그곳에 대한 이야기가 술술 나올 것만 같은 사람 말입니다. 우리가 쉽게 여행지로 떠올리지 못하는 곳으로도 가볍게 떠나는 사람. 틈만 나면 다음 여행을 위한 틈을 만드는 사람. 말하자면 이런 사람은, 책장 선반의 대부분을 여행에 관련된 책들로 채운 책장입니다.

물론 그 책장엔 다른 책들도 꽂혀 있겠지만, 책장의 가장 많은 부분을 차지하는 것도, 이 책장에 들르는 사람들이 가장 궁금해하는 것도 여행에 관련된 책들일 겁니다.

무엇을 물어봐도 "형은 말이지……"라고 대답해주는 선배가 있습니다. 이 사람은 아마도, 선반에 거의 모든 종류의 책들을 구비해놓은 책장일 겁니다. 일단, 서가의 규모 자체도 상당히 크고요. (책장의 사이즈가 크다고, 꼭 양질의 책들이 많은 게 아닌 건 함정입니다.) 이런 책장 앞에 서 있으면, 시간 가는 줄 모르게 됩니다. 남녀 관계부터 북핵 문제까지, 이곳엔 어떤 답이든 준비되어 있을 것만 같은 기분이 드니까요.

이런 사람과 만나는 날이면 몇 시간 얘기를 나누고도 오늘 무슨 얘기를 했는지 기억이 안 나기도 하죠. 본의 아니게 거의 모든 분야를 다루게 되니까요. 정보의 신빙성과는 관계없이 어쨌거나 유쾌한. 그래서 곁에 하나쯤은 꼭 두고 싶은 책장입니다.

어떤 책장은 얼핏 보면 왜소해 보이지만, 자세히 들여다보면 생각이 달라지곤 합니다. 책의 가짓수는 적지만 다른 곳에는 없는 책들(말하자면 희귀본들)이 꽂혀 있기 때문이죠. 글이 아니라 몸으로 배운 경험과 지식, 자신의 인생에서 캐낸 보석 같은 지혜로 가득한 책장입니다. 우리가 가끔씩 만나는 지혜로운, 그러나 제도권 교육의 혜택을 충분히 받지 못하신 어른들이 아마 이런 경우일 겁니다. 어려운 말로 된 수백 권의 책보다 더 통찰력 있는 문장으로 쓰인 몇 권의 책이 꽂혀 있는 책장입니다. 우리가 논리로 답을 찾지 못할 때, 인생이 내 마음처럼 풀리지 않을 때, 그저 가만히 그 앞에 가서 앉아 있고 싶은 책장입니다.

'우리는 모두 하나의 책장이다.'

이런 생각을 하다 보니, 재미있는 결론에 이르더군요. 그건, '나의 책장이 꼭 완벽하고 거대할 필요가 있을까?' 하는 생각이었습니다. 나보다 좋은 책장을 가지고 있는 사람이 있다면(조금 자존심이 상할 수도 있지만) 내 책장에서 굳이 답을 찾느니 그 분야에 정통한 남의 책장을 열어보는 게 더 낫지 않을까요? 그리고 그에게 없는 책을 내가 가지고 있다면, 나 또한 나의 책장을 언제든 활짝 열어주면 되지 않을까요?

사실 이런 생각을 하기까지는 진통의 시간이 있었습니다. 내 능력으로 안 되는 부분은 과감하게 남에게 기댈 줄 아는 것. 내가 못하는 부분에 집착하지 않고, 내가 잘하는 부분에 집중하는 것. 실은 이것도 꽤 용기가 필요한 일이더군요. 우리는 모든 과목을 평균 이상으로 잘하는 사람이 좋은 성적과 좋은 평가를 받기에 더 유리한 교육 시스템 속에서 살아왔으니까요. 한 과목을 괴물처럼 잘하고 아홉 과목에서 낙제하는 사람보다, 열 과목을 평균 이상으로 잘하는 사람이 더 칭찬받고, 더 좋은 대학에 가는 구조.

그런 구조 속에서는, 잘하는 과목을 더 잘하게 만드는 것보다, 못하는 과목을 덜 못하게 하는 데에 시간을 투자하는 것이 현명하다고 여겨지기 마련입니다. 그러니 내가 잘하는 것을 자랑스럽게 여기기 이전에, 내가 못하는 것만 더 부끄러워하는 거죠.

하지만 생각을 바꾸니 마음이 좀 편안해졌습니다. 내가 모든 것을 다 잘 알고, 잘할 필요가 없더군요. 그러고 나니 모든 부분에서 깊어져야 한다는 강박에서도 조금 자유로워졌습니다. 오히려 중요한 것은, 나보다 잘하는 사람을—좋은 책장을—곁에 두는 것이었습니다. 그리고 내 책장도 충분히 가치 있게 만들어야 한다는 것이었습니다.

내 주위에 좋은 책장이 모이려면, 내 책장도 남들이 빌려가고픈 책들로 채워놓아야 할 테니까요. 내가 가진 책에서 충분한 가치를 느껴야, 남들도 자기가 가진 가장 가치 있는 책들을 내어줄 테니까요. 세상에 공짜란 없는 법이죠.

우리는 모두 하나의 책장입니다.

내 주위에 좋은 책장이 모이게 하려면, '나'라는 이름의 책장에 사람들이 더 많이 들르게 하려면 어떻게 해야 할까요? 일단, 꾸준히 가꿔야 할 겁니다. 시간을 들여 틈틈이 새 책을 들여놓아야 할 겁니다. 매번 같은 책을 읽으러 찾아오는 건 지겨울 테니까요.

책장이 크기에 비해 실속이 없다면, 과감하게 책장 크기를 줄여보는 것도 필요합니다. 자기 능력을 냉정히 판단하고, 선택과 집중을 하는 겁니다. 무엇이 변치 않는 본질이고, 무엇이 발맞춰야 할 시대의 흐름인지를 판단하는 것도 중요할 겁니다. 그 기준을 통해 보강할 책들은 더하고, 버릴 책들은 과감히 버리는 거죠. 선택과 집중, 그리고 꾸준한 변화. 한 번 들렀던 사람들도 다시 오고 싶은 책장이 되는 비결입니다.

혹시 내가 책장 축에나 낄 수 있는지, 남들에 비하면 너무 작고 볼품없는 건 아닌가 싶어 벌써부터 기가 죽어 계신가요? 그럴 필요 없습니다. '책장계'에 불문율이 하나 있습니다. 누구도, 그 시작은 정체를 알 수 없는 조그만 책장에서 비롯된다는 겁니다. 저를 예로 들어볼까요?

저라는 책장도 수없이 모양이 바뀌었습니다. 처음엔 장르를 알 수 없는 책들로 뒤섞인 작은 책장이었죠. 소설과 만화와 영화와 사회과학 서적과 자기계발서가 계통 없이 뒤섞여 있었습니다. 뚜렷한 색깔도 없고, 그렇다고 구비된 책의 양도 그다지 많지 않은 책장이었습니다.

그러다 몇 명의 닮고 싶은 사람들과, 질투날 만큼 재능이 넘치는 동료들, 그리고 제 삶을 흔드는 결정적인 문장들과 영화, 그림, 음악들을 만났습니다. 사실 이 모든 것은 이어져 있었어요. 그들이 추천한 책을 읽어보고, 그들이 즐기는 콘텐츠를 따라 즐겨보려고 노력했거든요. 책의 앞부분에서도 말씀드렸지만, 내가 좋아하는 사람들이 좋아하는 것은, 나도 좋아하게 될 확률이 높다고 생각하니까요.

그러자 벽이 무너져 다리가 되는 것처럼 제 세계가 조금씩 넓어지는 게 느껴졌습니다. 유홍준, 니코스 카잔차키스, 김훈, 알랭 드 보통, 박웅현, 리처드 도킨스, 박민규가 번갈아 나타나 각자의 방식으로 제 책장에 자극을 주더군요. 그 뒤로는 제가 금방 빠져드는 분야의 특징은 뭔지, 앞으로 어떤 종류의 책을 들여놔야 할지 조금씩 감이 잡히더라고요. 저는 대체로 사람들이 살아가는 방식에 대한 '통찰'과, 구조적이고도 아름다운 '문장'에 끌립니다. 천문학이나 항해술처럼 지적 호기심을 자극하는 분야에 매력을 느끼고, 건축이나 미술처럼, 알게 되면 지금 내 주위를 구성하는 세계가 해석 가능한 텍스트로 변하는 것들에 강렬하게 끌립니다. 한 분야를 끝까지 파고든 이가 내놓은, 인간을 깊숙이 이해한 이들이 만들어낸 물건이라면 그것이 무엇이든 경이로움을 느낍니다. 이것이, 이제야 조금씩 드러나기 시작한 저라는 책장의 '결'일 겁니다.

한때는 저도 강박처럼 책장의 몸집을 키우는 데 힘을 쏟던 시절이 있었습니다. 그게 멋있어 보였으니까요. 책장이 급격히 쪼그라드는 시기도 찾아오더군요. 특히 이직하는 시점처럼 새로운 곳에 적응하는 데 온 정신을 쏟던 시절이 그랬습니다. 새 책을 들여놓을 마음의 여유도, 책장을 가꿀 정신도 없었거든요.

그러다가도 계절이 바뀌듯 자연스럽게, 스스로를 정리할 수 있는 기회는 찾아오더군요. 돌아보면 그 계기는 여행이나, 가족과의 대화, 좋아하는 친구나 존경하는 선배와의 술자리, 또는 말이 잘 통하는 후배와의 점심식사였던 것 같습니다. 아주 사소한 계기들이죠. 그 과정에서 자연스럽게 '나'에 대해 생각하게 됐습니다. 책장으로 비유하자면, 내가 소화하지 못한 책들을 버리고, 볼수록 곱씹게 되는 책들을 좋은 위치로 옮겨 꽂고, 언젠가 읽어야겠다 싶은 책들을 한구석에 모아놓았던 겁니다. 그러다 보니 서서히 지금의 책장이 만들어지더군요.

가끔 서점에 들러서 아무 목적 없이 이런저런 책들의 제목을 살펴본 적 있으신가요? 제가 가끔 후배들에게 강력 추천하는, 복잡해진 머리를 새로고침(F5) 하는 버튼을 누르는 방법입니다. 굳이 책을 사지 않아도, 그저 머리를 비우고 서가 사이를 돌아다니는 것만으로도 기분전환이 되더라고요.

게다가 제목만 보았을 뿐인데도 굉장히 많은 영감들이 쏟아집니다. 책은 한 사람의 생각을 오랜 시간 정제해 내놓은 결과물이고, 제목은 그 결과물을 매력적으로 소개하기 위해 작가와 편집자가 최선을 다해 쓴 카피니까요.

실은, 사람을 만나는 것도 이와 비슷합니다. 아무 목적 없이 그저 내게 자극이 되는 사람을 만나서 이야기를 나누는 것만으로도 영감을 얻고, 기분전환도 할 수 있습니다. 풀리지 않던 문제를 해결할 힌트를 얻는다거나, 답은 얻지 못해도 마음만은 편해지는 경험을 하기도 하고요. 사람과 책이 비슷하죠?

역시, 우리는 모두 하나의 책장입니다.

사람이라는 이름의 책장. 그 크기와 모양, 꽂힌 책들은 각기 다르지만, 바로 그 이유로 더 매력적인.

P A R T 4

더 좋은 생각을 고르는 '기준'

"우리가 하는 일에는 두 가지 판이 있으니,
하나는 '식판'이고 둘은 '평판'이다."
-어느 선배 광고인

식 판 과 평 판

광고회사에는 '농번기'와 '농한기'가 있습니다. 바쁠 때는 업무와 가장 기본적인 일상 외에는 다른 어떤 것도 생각할 수 없을 정도로 바쁩니다. 농사로 치면 농번기죠. 주말에 회사나, 녹음실, 편집실에 나가는 것은 당연한 일이 되고, 사적인 인간관계는 사라집니다. 그러다 (다행스럽게도!) 가끔 농한기가 찾아오는데, 이때가 꿀 같은 시간입니다. 팀 사람들끼리 모여서 맛집 탐방도 가고, 미술관도 가고, 한강에서 캐치볼을 하고, 때론 개인플레이(극장이든 만화방이든 흩어져서 각자가 원하는 시간 보내기)를 합니다.

농한기에는 심지어 사무실에서 컴퓨터로 영화를 보고 만화 책을 꺼내도 아무도 뭐라 하지 않습니다. 그건 그동안 끊임없이 꺼내놓느라고 비어버린 각자의 어떤 부분을 채우는 시간이니까요. (팀마다 편차는 있지만 대체로 이 자유활동을 암묵적으로 인정해주는 편입니다.) 농한기는 대체로 굉장히 짧다는 게 함정입니다만, 그나마 이 자유로운 시간들이 있어 농번기를 버팁니다.

말하자면, 농번기의 어느 날이었습니다. 일이 너무 몰려 턱까지 차오른다는 느낌이었고, 그렇게 일주일 내내 출렁거리는 일의 바다를 건너가느라 숨이 가빴습니다. 이런 시기엔 점심도 회사에서 가장 가까운 곳에서 '해결'하곤 하죠. 점심시간마저 쪼개야 몇 시간 후에 있을 아이디어 회의를 준비할 수 있으니까요. 급히 점심을 먹고 돌아오며 같은 팀 홍인혜 카피라이터와 짧은 대화를 나눴습니다.

"제가 이전 회사에 있을 때 어느 CD님께 들은 얘긴데요, 일에는 식판과 평판이 있대요."

"식판? 평판?"

"네. 밥 먹는 '식판'과 'reputation'이란 '평판'이요."

"뭔가 되게 카피적이네."

"네. 어떤 일은 밥을 먹고살게 해주고, 어떤 일은 업계에서 평판을 얻게 해준단 말이겠죠."

어떤 장면은 시간과 관계없이 오래도록 기억됩니다. 그날의 그 대화가 그랬습니다. 우리는 회사로 돌아가면서, 지금 하고 있는 일이 과연 식판인지 평판인지에 대해 이야기했습니다. 그리고 신기하게도, 그 말을 듣기 전과 들은 후의 저는 좀 달라졌어요. 일을 대하는 태도에 약간의 변화가 생겼거든요.

우리가 마주하게 되는 일에는 종류가 있습니다. 물리적인 시간이 필요한 일과, 양질의 생각이 필요한 일 말이죠. 그날의 대화를 마치고 곰곰이 생각해보니, 모든 일에 절대적으로 같은 수준의 생각을 투입할 필요는 없었던 겁니다.

오해는 마시길. 식판을 소홀히 하라는 말이 아닙니다. 식판은 내가 다니는 회사의 밥을 벌어주는 고마운 일입니다. 끼니를 거르면 사람이 죽는 것처럼, 반드시 해결하고 넘어가야만 하는 일입니다. 다만 이 일은 시간을 들여 '쳐내야' 하는 일입니다.

저는 식판의 일을 가끔 정글에 비유합니다. 정글에 들어섰는데 눈앞에 덩굴들이 빽빽하면, 재빠르게 환도로 쳐내면서 앞으로 나아가야 합니다. 이곳에서는 '저 덩굴을 이 각도로 쳐내면 아름답지 않을까' 같은 생각을 할 필요가 없는 겁니다. 여러분이 광고회사의 직원이 아니라 어디에서 일하는 누구일지라도 이런 일들이 있을 겁니다. 해야만 하는 일. 물리적인 시간이 필요한 일. 그것이 당신의 '식판'입니다.

'평판'의 영역은 조금 다릅니다. 평판은 양질의 생각이 필요한 일입니다. 밀도 있는 시간을 투입할수록, 생각의 결과물이 달라지는 일입니다. 그리고 그 생각의 결과와 완성도가 무엇보다 중요한 일입니다.

그렇다면, 어떤 일이 식판인지 평판인지 어떻게 알 수 있을까요? 사실 이런 일들은 본능적으로 알 수 있습니다. 이 일을 제대로 해내면, 금전적인 보상과 함께 업계에서 긍정적인 평판을 받을 것으로 기대되는 일이 있습니다. 내가 내놓은 생각의 밀도에 따라, 눈에 띄는 변화가 예상되는 일들이 있습니다. 인생의 어느 단계에서, 이 일은 정말 집중해서 해내야 한다는 직감이 드는 일들이 있습니다. 이것이 평판입니다. 내가 가진 집중력이라는 자원이 한정되어 있다면, 이런 일에 에너지를 투입하는 것이 더 생산적이지 않을까요?

그러나 문제는, 우리가 식판과 평판에 대한 구분 없이 모든 일을 다 잘하려는 데서 생깁니다. 사람은 신이 아닌데, 모든 일에 완벽할 순 없지 않을까요? 쳐내야 할 일과 집중해야 할 일들이 똑같은 비중으로 처리되다 보면, 어느 순간 정체현상이 벌어집니다. 쳐내야 할 일들은 업무 리스트에서 잘 빠져나가지 않습니다. 필요 이상의 노동력이 투입되고 있기 때문입니다. 그러니 정작 집중해야 할 일에는 시간을 투입할 수 없게 됩니다. 악순환이 시작됩니다.

그날의 대화 이후 저는 물리적인 시간이 필요한 일과 양질의 생각이 필요한 일들을 의도적으로 나누게 되었습니다. 식판의 시간엔 식판에 대한 예의를 갖추되, 생각의 질에 과도하게 집착하지 않았습니다. 집중할 때 집중하고, 흘러갈 땐 흘러가보려 노력했죠.

흘러가듯이 일을 한다는 것. 처음엔 쉽지 않았습니다. 고백하건대 저는 모든 과목에서 좋은 성적을 받아야 한다고 배우고 자란 (그리고 그 생각을 누구보다 비판 없이 따랐던) '범생이'였으니까요. 앞서 잠시 언급했던 대로 잘한 과목을 칭찬받는 것이 아니라 못한 과목 때문에 혼이 나는 시스템에 맞춰 살아왔으니까요.

그래서 처음엔 '이러다 내 일의 퀄리티가 떨어지면 어떡하지' 고민을 많이 했었죠. 그런데 몇 번의 경험을 통해 판단해보니, 꼭 그렇게 생각할 이유가 없더군요. 식판의 시간 후에는 어떤 식으로든, 평판의 시간이 찾아오더군요. 그리고 그때 제대로 집중하는 것이 모든 일을 어중간하게 하는 것보다 훨씬 나은 결과를 가져왔습니다.

제가 대리 정도 연차이던 시절, 일 잘한다고 유명하던 선배와 일할 기회가 있었습니다. 그의 팀에서는 어떻게 매번 좋은 캠페인이 나올까 개인적으로 정말 궁금했죠. 처음 며칠 동안 함께 일해보니, 그 선배는 이런 말을 자주 하더군요. "대세에 지장 없으면 그냥 가시죠." 처음엔 이런 생각도 들었습니다. '저렇게 헐렁하게 일해서 어떻게 일의 퀄리티가 나오지?'

하지만 편하게 일하다가도, 어떤 포인트에서는 굉장히 집요해지는 것이 느껴졌습니다. 어느 때는 정도가 지나칠 정도로 체크하고, 한참 진행되던 일을 원점으로 되돌리기도 했습니다. '대세에 지장 없으면 그냥 가시죠'라는 말을 한 사람이 이 사람이 맞나 싶을 정도로요. 한 사람 안에 합리적인 자아와 집요한 자아가 함께 살고 있었던 거죠.

지금 생각해보면 그는, 선택과 집중을 하는 사람이었습니다. 그가 집요하게 임했던 프로젝트는 말하자면, '평판'의 일이었던 거죠. 실제로 그 캠페인은 결과도 좋고, 사람들 입에 회자도 되었습니다. 반대로 그가 '대세에 지장 없으니 그냥 가시죠'라고 했던 일들은, 사실 저도 지금 기억이 잘 나지 않습니다. 지금 와서 생각해보면, 식판의 일이었던 거죠.

언젠가 활시위에 대한 글을 읽은 적이 있습니다. 활의 구부러진 양 끝에 걸어두는 끈이 바로 시위인데요. 저는 활이 늘 팽팽하게 당겨진 모습으로 존재하는 줄만 알았는데, 평소엔 시위를 풀어놓아 보관한다고 하더군요. 시위를 걸어놓은 채로 보관하면 활에 계속 힘이 들어가고, 그러면 활의 수명이 짧아지기 때문이랍니다. 오래도록 화살을 날리기 위해선 시위를 풀어놓는 시간이 중요한 겁니다.

거꾸로 말하면, 정말 중요한 때 강력한 화살을 날리기 위해선, 평소에 불필요한 힘을 활에 걸어두지 않는 것이 더 현명한 겁니다. 어쩌면 활과 사람이 비슷하지 않을까요? 시위를 계속 걸어두었다가 부러지는 활들, 주위에서도 쉽게 찾아볼 수 있지 않나요? 당신의 모습은 지금 어떤 활과 닮아 있나요?

"大巧若拙. 대교약졸."

(큰 솜씨는 마치 서툰 것처럼 보인다.)

- 노자

맹 자 와 스 티 브 잡 스

언젠가 제 아이폰을 당시 만 세 살이던 아들에게 잠시 맡긴 적이 있습니다. 아이는 놀랍게도, 몇 번 손으로 만지작거리더니 바로 사용법을 익히더군요. 어플리케이션 아이콘을 누르고, 화면을 넘기고, 그림의 크기를 키우고, 동영상을 재생했습니다. '내 아들이 천재가 아닐까 고민한다는 모든 부모들의 착각 단계'를 잠시 거치고는, 그 일이 있기 전에 읽었던 스티브 잡스의 자서전 속 한 문장이 떠올랐습니다.

Simplicity is the ultimate sophistication.

(단순함은 궁극의 정교함이다.)

스티브 잡스의 삶에서 가장 중요했을 것이라고 짐작되는 문장입니다. 애플의 제품을 쓸 때마다 감탄하는 부분이기도 하죠. 애플의 제품들은 쉽고, 직관적이며, 심플하고, 군더더기가 없습니다. 때론 불친절할 정도로 많은 것이 생략되어 있습니다.

벌써 10년도 더 된 일인데요. 아직 우리나라에 아이폰이 등장하기 전, 아이팟(애플의 MP3 플레이어)을 처음 샀던 날을 기억합니다. 아이팟이 담긴 포장 상자를 열었는데 놀랍게도, 박스 안에 그 흔한 설명서가 하나 없더군요. 이게 뭐지 싶어 전원 버튼을 누르고 보니, 정말이지 설명서가 필요 없는 제품이었습니다. 전자제품을 사면 매뉴얼이라 부르는 두툼한 설명서가 함께 들어 있던 시절의 얘기이니, 당시 제 놀라움은 꽤 컸던 것으로 기억합니다. 그런데 생각해볼수록 대단한 일이더군요. 쓰는 사람의 동작을 단순하게 만들기 위해서는, 만드는 이의 복잡하고 치밀한 과정이 필요한 법이니까요. 완벽한 프레젠테이션일수록, 무수한 리허설을 거쳐야 하는 것처럼 말이죠.

'단순함은 궁극의 정교함이다.' 이 말은 분명 스티브 잡스가 했다고 믿고 있었는데, 어느 날 이 말의 원전을 찾아보니 놀랍게도 르네상스 시대의 레오나르도 다빈치가 한 말이었습니다. 21세기에 전 지구적인 영향력을 가졌던 인물이 가슴에 품은 문장은, 15세기를 살았던 거장의 입에서 나왔던 겁니다. 놀라운 일입니다. 600년 전의 이야기가 여전히 유효하다니요.

그런데 더 놀라운 것은, 저 문장과 정말 비슷한 글이 레오나르도 다빈치의 시절보다 2천년 전의 동양에서도 발견된다는 겁니다. 노자의 『도덕경』 속에 등장하는 '大巧若拙'이 그것입니다.

대교약졸. 유홍준 선생의 『나의 문화유산답사기』에서 처음 접한 뒤, 포스트잇에 적어 늘 제 컴퓨터 옆에 붙여두었던 문구입니다. '큰 솜씨는 마치 서툰 것처럼 보인다'는 뜻이죠. 가장 훌륭한 어떤 것은 기교 없이 담백하고 단순하다는 겁니다. 스티브 잡스의 문장과는 시간적으로 2500년 이상 떨어진 이야기죠. 대가가 되면 결국 비슷한 진리에 닿는가 봅니다. 그리고 저는, 맹자에게서도 비슷한 문장을 봅니다. (이쯤에서 말씀드리고 싶은 것은, 저는 스티브 잡스에 대해선 조금 알지 몰라도, 노자나 맹자에 대해선 전혀 해박하지 않습니다. 그저 이 글 저 글 속에서 저 문장들을 발견하고, 수집하다가, 약간의 연관성을 발견한 것뿐임을 알려드립니다.)

博學而詳說之, 將以反說約也 (박학이상설지 장이반설약야)
넓게 배우고 깊이 생각하는 것은 간략히 설명하기 위함이다.

정말 그렇죠. 어떤 것을 완벽히 파악한 사람은 그것을 굉장히 쉽고 단순하게 설명합니다. 좋은 선생님은 설명도 쉽습니다. 우리가 무엇을 아주 얕게 알고 있을 때, 설명은 장황해집니다. 핵심이 무엇인지에 대한 자신이 없으니까요. 말을 더하고, 미사여구를 붙이고, 복잡한 문장을 씁니다. 자꾸 더하고 화려하게 하는 것이 어쩌면 하수下手라는 거죠. 그러고 보니 전설적인 건축가 미스 반 데어 로에도 'Less is More'(적은 것이 많은 것이다, 간결할수록 아름답다)란 말을 했네요. 정말로, 대가가 되면 비슷한 생각에 닿는 걸까요?

제가 가장 좋아하는 화가는 조선시대의 겸재 정선입니다. 그의 그림을 한번 볼까요? 겸재의 걸작, 〈박연폭〉입니다. 겸재가 일흔이 넘은 나이에 그린 작품이라고 합니다. 실제의 폭포를 상당히 단순화해서 그렸습니다. 그림으로만 봐도 그 단순 명쾌한 필치가 느껴지죠. 폭포 좌우에 펼쳐진 바위의 모양이, 사실적이라기보다는 일종의 패턴처럼 과감하게 단순화되어 배열되어 있습니다. 그래서 자연스럽게 물줄기로 눈길이 가게 되죠.

그리고 폭포의 시작과 끝 점에 바위를 배치해서, 보는 이가 자연스럽게 시선을 위에서 아래로 움직이게 만듭니다. 직선의 양 끝을 잇는 것처럼 말이죠. 가만히 보고 있으면, 정말 물줄기가 떨어지는 느낌이 듭니다. (더 자세한 이야기는 제가 탐독했던

겸재 정선, 〈박연폭〉,
연도 미상(낙관의 모양으로 보아 겸재의 최말년작으로 추정), 개인 소장.

겸재 정선, 〈불정대〉, 《신묘년 풍악도첩》,
1711년(겸재의 나이 36세), 국립중앙박물관.

겸재 정선, 〈불정대〉, 《해악전신첩》,
1747년(겸재의 나이 72세), 간송미술관.

『붓으로 조선 산천을 품은 정선』, 『화인열전』 등의 책에서 확인하실 수 있습니다.) 말 그대로, 단순함이 궁극의 정교함으로 이어지는 경지입니다. 겸재는 불필요한 것은 모두 생략해서 폭포의 본질을 드러낸 겁니다. 단순해서 핵심이 바로 드러나는 겁니다. 이런 게 바로 대가로구나 감탄하는 부분입니다.

하지만 겸재가 처음부터 단순함의 경지에 도달한 것은 또 아닙니다. 그가 삼십대에 그린 그림을 한번 보시죠. 《신묘년 풍악도첩》 중 하나인 〈불정대〉는 아름다운 그림임에는 분명합니다만, 겸재가 말년에 그린 그림을 보다가 이 그림을 보면 뭔가 산만합니다. 오른쪽 상단의 바위산과 왼쪽 하단의 흙산과 중앙의 소나무와 오른쪽 하단의 집이 저마다 따로따로 각자의 이야기를 하는 느낌이랄까요? 질감이 다른 네 대상을 한 화폭에 담다 보니 다른 필체가 섞여서 그런 것이 아닐까 생각합니다.

그러나 같은 장소를 겸재가 일흔두 살에 그린 그림은 다릅니다. 선택과 집중이 느껴지죠. 버릴 걸 버리니 눈에 들어오는 것은, 뒤쪽에 펼쳐진 금강산의 자태와 신비롭게 우뚝 서 있는 불정대의 모습입니다. 불정대와 산 사이의 푸른 기운은 이 공간이 얼마나 깊고 아득한지를 표현하는 것 같아요. 나이가 들면서 겸재의 '그림에 대한 관'이 달라지고 있음이 보입니다. 대가의 경지에 오를수록 작품을 더 단순하게, 더 본질에 가깝게 표현하려는 모습은 겸재 말고 다른 화가들에게서도 종종 발견됩니다. 단순함이 궁극의 정교함이라는 거죠. 넓게 배우고 깊이 생각한 평생의 결과를 간략한 형태로 표현하는 거죠.

자동차를 좋아하는 사람들이 하는 말 중에, '튜닝의 끝은 순정'이란 말이 있습니다. 고치고, 더하면서 자기 자동차를 아끼던 사람도 결국은 순정(원래 자동차를 살 때 달려 있던 그것)으로 돌아간답니다.

맛집을 찾아다니는 사람들도 비슷한 말을 합니다. 진짜 맛집일수록 메뉴판도 단순하다고요. 백 퍼센트 공감합니다. 단순하기 이를 데 없는 메뉴판을 보면, '나는 이 음식이 정말 자신 있고, 이것이 우리 집의 핵심이고, 그러니 이것 이외에 딱히 뭘 더 할 필요가 없고, 당신이 이걸 먹기 싫다면 당신만 손해다'라는 긴 문장을 읽는 기분이죠.

그래서 일을 하다가, 제가 내놓은 결과물이 못나 보이고, 자꾸 뭔가를 더하고 싶을 때마다 생각합니다. 가장 아름다운 건 쉽고도 단순한 거다. 내가 자신이 없으니 자꾸만 더하고 싶은 거다.

중국 무술영화를 보면, 복잡한 무기를 쓰는 놈이 먼저 죽습니다. 결국엔 강력한 칼 한 자루가 이깁니다. 이 칼에 저 도끼를 이어 붙일 시간에, 나만의 강력한 칼 한 자루는 무엇인지를 오랜 시간 들여다보는 것이 더 중요할 겁니다. 스티브 잡스와 맹자와 다빈치와 노자가 2500년에 걸쳐 한 생각이니, 아마 틀리진 않을 겁니다.

"낯선 것은 아름답다."
- 기어르트 베르동크

결 국 은, 나

나는 왜 나이기를 두려워할까요?

몇 년 전, 세계 여러 나라에서 모인 업계 동료들과 일본에서 3박 4일 동안 워크숍을 한 적이 있습니다. 멀게는 파라과이에서 비행기를 타고 스무 시간 이상을 날아온 친구부터, 가장 가깝게는 두 시간을 날아온 저까지 정말 다양한 국적의 동료들이 모였죠.

놀라운 것은, 비슷한 일을 하는 비슷한 경력의 사람들이다 보니 국적이 달라도 생각보다 말이 금방 통한다는 사실이었습니다. 각자가 활동하는 곳의 지리적인 위치는 다르지만, 마주하고 있는 고민은 비슷한 부분이 많았기 때문일 겁니다.

워크숍의 첫 3일은 개개인이 진행하고 있는 인상적인 프로젝트에 대한 발표들이 이어졌습니다. 마지막 날의 일정은 조금 달랐습니다. 광고회사가 나아갈 방향과, 각자가 생각하는 창의적인 아이디어에 대해 5분씩 자유롭게 발표하는 시간이 있었죠.

5분이라는 짧은 시간이긴 했지만, 굉장히 부담되는 발표였습니다. 대충 할 수도 있지만, 왠지 그래선 안 될 것 같았거든요. 한국에서 온 사람이라고는 저 혼자였으니까 말이죠. 제 발표가 별로라고 거기에 온 사람들이 한국을 별로라고 생각할 리야 없겠지만, 막상 상황이 그렇게 되니 은근히 의식이 되더군요.

게다가 영어로 하는 발표였기에 더 부담스러웠던 것 같습니다. 한국어로 하는 프레젠테이션은 이제 꽤 익숙해졌지만, 영어는 전혀 다른 차원의 이야기니까요. 그런데, 저처럼 영어가 모국어가 아닌 동료들도 저와 비슷한 마음이었나 봅니다. 비영어권 국가에서 온 동료들(특히 포르투갈, 일본, 멕시코, 아르헨티나, 파라과이에서 온, 영어가 서툰 친구들)은 3박 4일의 일정 내내 마지막 날에 있을 그 발표에 대해 얘기했어요. 준비는 했느냐, 잘 되어가느냐, 네 주제는 뭐냐, 난 그냥 시원하게 망칠 거다 등등……

그리고 입대 영장이 날아오듯, 마지막 프레젠테이션 날이 돌아왔습니다. 발표의 긴장감과는 별개로, 프레젠테이션은 그 자

프레젠테이션이 시작되자 피터라는 이름의 영국인 CD는
발표자 한 사람 한 사람을 캐리커처로 그려 벽에 붙이기 시작했습니다.
생김새가 다른 만큼, 발표 스타일도 완전히 달랐습니다.

체로 축제였습니다. 세 시간여의 시간이 어떻게 지나갔는지 모를 정도였죠.

특히 프랑스에서 온 동료들의 프레젠테이션이 재미있었습니다. 프랑스 사람들은 영어가 서툴기로 유명하죠. 이 친구들은 그래서, 무려 '립싱크 프레젠테이션'을 하더군요. 영어가 유창하지 않아서 미안하다며, 미리 녹음해둔 멘트를 틀고 진짜 자기들이 말하는 것처럼 프레젠테이션을 했습니다. 다들 그 신선한 형식에 즐거워했죠.

하지만 더욱 인상적인 발표는 그다음이었습니다. 프랑스 동료들의 발표가 끝나고 얼마 후 벨기에에서 왔다는 기어르트 베르동크라는 친구가 5분 발표를 시작했어요. 그의 첫마디는 이랬습니다.

나는 프랑스 친구들이 왜 미안하다고 말하는지 이해할 수 없다.

좌중이 고요해졌습니다. 그리고 그의 말이 이어졌습니다.

그들이 쓰는 프랑스 말을 한번 들어보라. 정말 아름답지 않은가? 그런데 왜 영어를 잘하지 못해서 미안하다고 말하나. '중심'이 아니라고 왜 스트레스를 받나. 난 오히려 '스트레인지strange'

한 것(여기에서는 낯선 것이란 의미보다는 주류가 아닌 것, 주변부인 것을 의미)이 아름답다고 생각한다. 스트레인지하다는 건 행운이다. 중심이 아니기에 지금까지 주류의 공간에서는 볼 수 없던 것을 만들 수 있다. 중심이 아니기에 오히려 돋보일 수도 있다. 각자가 가진 스트레인지함을 들여다보자. 껴안아주자. 그 잠재력을 마음껏 활용하자. 낯선 것은 아름답다.

그의 발표가 끝나자, 어느 때보다 많은 박수가 터졌습니다. 누군가는 손으로 입술을 잡아당겨 휘파람 소리까지 내더군요. 생각해보면 3박 4일 내내 저를 지배했던 것은 영어에 대한 스트레스였습니다. 유창한 영어 대화들이 떠다니는 그 공간에서 스스로가 스트레인지해지는 것을 견디지 못한 거죠. 사실 그곳에 모인 사람들은 제 영어 발음을 들으려고 거기 앉아 있었던 게 아닌데 말입니다. 정작 제가 고민했어야 할 것은, 주류에 속해 있지 않기 때문에 가질 수 있는, 저만이 들려줄 수 있는 새로운 이야기였을 텐데 말이죠.

나는 왜 나이기를 두려워할까요?

제가 다니는 회사에서는 '망치'라는 대학생 스피치 프로젝트를 매년 진행하고 있습니다. 일 년에 한 번 선발하는 열다

섯 명의 대학생들이 6개월 동안 스스로를 돌아보고, 자신만의 이야깃거리를 찾아서 7분 동안 발표하는 프로젝트입니다. 저는 2014년부터 시작된 이 행사에 멘토로 참여하고 있는데요. 400~500명 규모의 관객들 앞에서 자기 이야기를 한다는 건 학생들 입장에서는 설레면서도 부담스러운 일입니다.

이 자리에 서는 학생들은 출신 지역도 다양합니다. 그중엔 유독 사투리를 심하게 쓰는 친구들이 있어요. 이 친구들은 대체로 자기가 사투리를 쓴다는 사실을 부끄러워하고, 리허설 때에도 굉장히 자신 없어 합니다. 원래 자신의 말투로 자연스럽게 말하려 하기보다는, 사투리 억양을 숨기려 하다 보니 더 그렇게 들리는 것 같습니다.

하지만 막상 본 행사를 치르고 나면 얘기가 달라집니다. 사투리를 쓰는 친구들의 이야기가, 현장에서는 더 잘 들리는 경우가 많습니다. 관객들의 호응도 좋고요. 왜일까요?

다르기 때문입니다. 표준어로 된 발표들이 이어지다가 사투리가 들리면, 좌중이 살짝 고개를 들어 집중하는 모습을 종종 봅니다. 다르기 때문입니다. 자신이 다르다는 사실을 인정하고, 자신 있게 내놓을 수만 있다면, 다르다는 건 무기가 될 수도 있는 겁니다.

나는 왜 나이기를 두려워할까요?

제 고향은 대전입니다. 얼마 전 부모님 댁이 이사를 해서 이삿짐 정리를 도와드리려고 본가에 내려간 일이 있었습니다. 함께 들른 동생 내외는 새집엔 새 기운이 필요하다며 싱크대 하수구망까지 새로 사왔더군요. 동생 부부의 사소한 마음 챙김 덕분에 식구들 모두 유쾌한 분위기였습니다.

그런데 새 하수구망의 포장을 뜯다가 재미있는 글을 발견했어요. 고백하자면 저는 글쓰기를 직업으로 삼다 보니 약간의 문자중독 증세가 있습니다. 눈앞에 글자가 나타나면 일단 읽어야 직성이 풀리죠. 그래서 웬만한 사람이면 굳이 읽지 않았을 다음과 같은 글을 읽게 됩니다.

I want to go to the nature for relaxation. Be absorbed in sweet memories then you will be a part of the nature.

이게 대체 무슨 말일까요? '하수구망에 버린 오물들이 결국 자연의 품으로 돌아가 달콤한 기억 속에 젖어 들었다가 결국은 자연의 일부가 된다'는 뜻일까요? 하수구망의 용도를 기왕이면 문학적인 수사로 표현하고 싶었던 제조사 사장님의 깊은 뜻일까요? 그런 것 같지는 않습니다.

이런 아름다운 영문을 하수구망에서 만나게 될 줄은 몰랐습니다.

제 생각에는, 소비자들에게 자사에서 제조한 하수구망을 좀 더 고급스럽게 보이기 위한 일종의 장식으로 영문을 사용한 것 같았습니다. 의미의 용도가 아니라 형태의 용도인 거죠. 저 말도 안 되는 영어 문장이 씁쓸했던 이유는, 저 문장이 우리가 우리 스스로에게 자신이 없다는 뜻으로 읽혔기 때문입니다.

우리는 대체로 영어를 (그리고 영어로 말을 잘하는 사람을) 멋지다고 생각하는 경향이 있습니다. 지하철 안에 굉장히 평범한 외모의 사람이 있다 칩시다. 그런데 그가 갑자기 유창한 영어로 통화를 하면, 그를 바라보는 주위의 시선이 달라지는 걸 느끼곤 합니다.

제가 일하는 분야에서도 비슷한 사례가 있습니다. 광고 촬영장에서 책이 소품으로 쓰일 때인데요. 서가에 꽂힌 책들은 예외없이 영어 원서들입니다. 왜 우리는 우리가 가진 것보다 남의 것을 멋있다고 생각할까요?

광고업계에서 일하다 보면, 뛰어난 재능들을 많이 만납니다. 순발력이 뛰어난 동료, 논쟁에 강한 동료, 글을 잘 쓰는데 심지어 그림까지 잘 그리는 동료, 아트 디렉터인데 카피도 잘 쓰는 동료…… 이런 사람들이 능력을 마음껏 발휘하는 모습을 보면, 부러울 때가 굉장히 많습니다. 나는 왜 저런 능력이 없을까 하는 생각도 들고, 어설프게 따라 해볼 때도 있고요.

하지만 지금까지의 경험들을 돌아보니 결국은 '나'이더군요. 내게 없는 것을 남들이 가지고 있다고 부러워하고 따라 해본들 그것은 그저 흉내에 불과하더군요. 저 하수구망의 어설픈 영어 문장처럼 말이죠. 분명한 사실은, 당신이 남들의 어떤 부분을 부러워하는 만큼, 누군가가 어딘가에서 당신의 어떤 부분을 부러워하고 있을 거란 사실입니다.

그렇다면 거기에 집중하는 겁니다. 대중 앞에서의 토론에는 약하지만 후방에서의 조율에 강하다면, 그게 당신만의 무기인 겁니다. 안젤리나 졸리가 매력적인 까닭은 다른 배우에게서는 볼 수 없는 각진 턱선 때문입니다. 그렇다면 양악수술을 해서 그 선을 없앨 것이 아니라, 더 자신감 있는 표정을 연습해서 다른 여배우에겐 없는 그 턱선을 더욱 매력적으로 보이게 하는 편이 더 멋진 겁니다. 나는 나이기 때문에 가치 있고, 나다울 때 가장 빛납니다.

길예르모 델 토로 감독의 〈헬보이〉란 영화를 보셨나요? 헬보이는 지옥에서 온 착한 괴물입니다. 오른손이 비정상적으로 커서 보기 싫은데, 사실 그가 발휘하는 모든 힘의 원천은 그 못생긴 오른손입니다. 오른손으로 악당과 싸워 이기고, 심지어 그 오른손으로 세상을 구합니다.

저는 가끔, 내 못생긴 오른손은 무엇일까 생각해봅니다. 그리고 가끔 이렇게 속으로 생각합니다.

어차피, 나.

그리고 결국은, 나.

"관심을 가지면 보인다.
믿음을 가지면 보이지 않는다."
- 고미야 가즈요시

믿 음 의 오 류

뭔가에 갑자기 관심이 생긴 적 있으세요? 우리가 무엇에 관심을 가지는 순간, 갑자기 보이기 시작하는 것들이 있습니다. 아이가 생기면, 아이들만 보입니다. 관심도 없던 유모차가 눈에 들어오고, 다른 부모가 멘 아기띠의 브랜드가 보입니다.

그리고 무엇보다, 남의 아이가 그렇게 예뻐 보입니다. 수많은 생각들이 머리를 스치거든요. 아이 한 명 한 명이 그냥 나고 자란 게 아니구나. 두 사람의 어른이 (문자 그대로) 온 힘을 다해 키운 결과구나. 저 아이의 성장 뒤에는 잠이 부족했을 부모의 밤이 있었을 거고, 저 아이가 환히 웃는 모습을 한 번 보려고 직장에서 각자의 고통을 견디고 있겠구나. 그리고 저 가족의 시간은 당분간 저 아이라는 우주를 중심으로 돌겠구나. 육아라는 인생의 거대한 변화를 겪고 나니 남들의 육아도 허투루 보이지 않는 겁니다. 그래서 예전엔 그저 '어, 애가 지나가네' 하고 말았던 세상이었는데, '아이'라는 텍스트가 도드라지는 세상으로 바뀌는 겁니다.

입대 영장이 나오면 군인들만 눈에 들어옵니다. 세상에 군인들이 그렇게 많았나 싶습니다. 그렇다고 그동안 없던 군인들이 갑자기 내 동선을 파악하고 숨어 있다가 게릴라처럼 나타나는 걸까요? 설마요. 군인들은 늘 있었고, 내가 처한 상황이 군중들 속에서 군인들만 집중해서 보게 만드는 겁니다. 그래서 많아 보이는 겁니다. 차에 관심이 생기면 세상에 온통 차만 보이고, 사랑을 시작한 소년의 눈엔 모든 것이 그 소녀로 보입니다.

'관심'은 힘이 있습니다. 더 많은 정보를 모으게 하고, 갈구하게 하고, 나를 자꾸 낯선 무엇과 만나게 하고, 그렇게 '나'라는 세계를 확장시키는 자양분이 됩니다. 그 관심이 계속되면 자연스럽게 경험이 쌓이고, 노하우도 생깁니다.

그리고 누적된 관심은 때로 '믿음'이 됩니다. 나는 그것을 안다고 믿게 되는 겁니다. 그러나 믿음은 위험합니다. 믿기 시작하면 주위의 이야기에 귀를 기울이지 않게 되죠. 내가 믿는 것이 옳다고 생각하는 것이 믿음의 특징이니까요. 누구보다 현명한 사람도 이런 실수를 저지릅니다.

믿음이 얼마나 사람의 판단력을 흐리게 하는지를 표현한 좋은 문장이 하나 있는데요. 일본의 유명한 경영 컨설턴트인 고미야 가즈요시의 말입니다.

관심을 가지면 보인다. 믿음을 가지면 보이지 않는다.

우리가 무언가에 관심을 가질 때, 갑자기 눈에 들어오는 수많은 것들이 있습니다. 그런데 내가 그것을 안다고 믿는 순간, 세상을 바라보던 그 창문을 닫게 됩니다. 우리는 대체로 아는 것에 대해서는 궁금해하지도, 의심을 하지도 않으니까요. 남들의 조언에 귀를 열지 않고, 새로운 지식들을 채워넣으려 하지도 않으니까요. 어쩌면 굉장히 위험할 수도 있는 상황입니다. 소통이 사라지고 신념만 남을 때 얼마나 위험한 일들이 벌어질 수 있는지는 역사가 누누이 기록하고 있으니까요. 이 길고 복잡한 이야기를 소설가 김훈은 이렇게 정리합니다.

나는 신념에 가득 찬 자보다 의심에 가득 찬 자를 신뢰한다.

나는, 충분히 의심하며 살고 있었을까요? 아니면 신념에 가득 찬 쪽이었을까요?

라디오에서 재미있는 이야기를 들었습니다. 1년 동안 우리나라에서 발생한 자동차 사고를 통계학적으로 분석해봤더니, 사고를 가장 많이 내는 사람은 놀랍게도 2년 차 운전자라고 합니다. 막 운전을 시작한 초보가 아니라 말이죠. 그럴 리가 있을까 했는데, 가만히 생각해보니 그럴 듯한 이야기입니다. 다음은 그 통계학적 분석 결과에 대한 제 추리입니다.

누구에게나 '왕초보'의 시절은 있죠. 저도 그랬습니다. 이때는 도로에 오르는 것 자체가 스트레스입니다. 집에서 차를 뺄 때면, 돌아와서 차를 어떻게 댈지부터 고민됩니다. 깜박이등을 켜고, 움직이는 자동차들의 물결에 끼어드는 것만으로도 식은 땀이 납니다.

아스팔트는 약육강식의 세계입니다. 반응속도가 느리고, 움직임에 주저함이 있다는 인상을 주는 순간, 나는 금방 먹이사슬 피라미드의 맨 아랫단으로 떨어집니다. 사바나 초원에서 상처 입은 가젤 주위를 하이에나들이 어슬렁거리는 장면을 보셨나요? 비슷합니다. 주위의 자동차들은 먹이사슬의 꼬리칸에 타고 있는 것이 분명한 나에게 경적을 울리거나, 옆을 지나가며 창문을 내리고 위아래를 훑거나, 내 차 앞을 빠르게 끼어드는 식으로 내 존재에 불쾌감을 표시합니다. 아스팔트는 전장戰場입니다. 비라도 내리는 날, 시야를 확보하겠다고 허리를 꼿꼿이 세우고 운전하다 보면 온몸이 자연스레 경직되는 걸 느끼게 되죠. 집에 돌아오면 금방 잠이 쏟아질 정도로 녹초가 됩니다.

하지만 그렇게 1년 정도 운전하다 보면, 한때는 초보였던 운전자에게도 슬쩍 자신감이란 게 생깁니다. 깜박이등을 켜는 손목 스냅에 절도가 느껴진다거나, 그 어렵던 후진이나 끼어들기도 무리 없이 해내는 자신을 발견하곤 하죠. 차창 밖에 팔을 슬쩍 내놓아도 아무도 뭐라 하지 않는다는 사실도 발견합니다. 그러던 어느 날, 솔직히 나도 운전을 좀 한다는 생각이 듭니다. 그리고 결심하죠. 이번 주말엔 뒷 유리창에 붙은 왕초보 스티커를 떼어내도 좋겠어.

그때, 위험이 찾아옵니다. 내가 운전을 좀 한다고 믿기 시작한 그때. 안다고 생각하니 경계가 풀리는 겁니다. 경계를 푸니 나를 보호해줬던 많은 습관들도 함께 사라집니다. 운전 경력 2년 차에 갑자기 사고가 급증한다는 건, 너무도 쉽게 자신을 믿어버린 결과가 아닐까 합니다. 믿음의 부작용입니다.

믿음의 부작용은 주위에서 어렵지 않게 찾을 수 있습니다. 소포모어 증후군sophomore syndrome이란 말, 들어본 적 있으신가요? 야구에서는 '2년 차 징크스'라고도 부르는데요. 데뷔하자마자 대단한 활약을 보였던 선수가 이듬해 형편없는 성적을 거둘 때가 많은데, 그걸 가리키는 말입니다. 소포모어 증후군에 대해선 다양한 분석들이 있지만, 저는 자기 실력이 프로에서도 통한다는 사실을 빨리 믿어버린 것에 대한 부작용의 결과라고 생각합니다. '이 정도 해도 되네?' 하는 마음이 드는 순간, 선수는 성장을 멈추는 거죠. 2년 차가 되면 상대팀에서도 자신에 대한 분석을 충분히 하고 들어올 텐데 말이죠. 전작이 엄청나게 성공했던 영화가 2탄에서는 폭삭 망한다거나, 유행어로 크게 성공했던 브랜드의 광고가 또 다른 유행어에 집착하다 실패하는 경우도 비슷한 맥락이라고 봅니다.

믿음의 오류에 대해 하나 더 이야기해볼까요? 이 책에서 여러 번 언급한 일본에서의 워크숍에서, 각국의 광고인들이 주고받은 알아먹기 힘든 영어 대화들 사이에서도 또렷이 들리는 한 줄이 있었습니다. "Never be a dinosaur."(공룡이 되지 말자.) 관심에, 믿음에, 초보운전에, 이번엔 공룡이냐고요? 한번 들어보세요.

공룡이 지구의 주인이던 시절, 공룡은 아쉬울 게 없었습니다. 당시의 모든 조건이 '공룡편의적'이었고, 그래서 공룡은 압도적으로 지구를 지배했습니다. 그러다 (유력한 학설에 따르면) 거대한 소행성이 떨어졌고, 환경은 급변했죠. 아쉬울 게 없었던 공룡은 살던 방식대로 살았고, 깨끗이 멸종했고, 백과사전의 한 페이지 속으로 들어갔습니다. 그리고 그 공룡들의 자리를 대신한 건 변화에 목숨 걸고 적응했던 설치류(쥐)였습니다.

누구도 '공룡이랑 쥐랑 싸우면 누가 이겨?' 같은 질문을 하진 않을 겁니다. 그러나 그 바보 같은 질문에 대한 답은 쥐였습니다. 현재가 계속될 거란 '믿음' 대신, 변화하는 환경에 대한 '관심'이 이긴 겁니다. 신념에 찬 자를 의심에 찬 자들이 이긴 겁니다.

나이가 들어가면서 각 분야에 흩어져 자리를 잡아가는 친구들을 만나는 건 큰 즐거움입니다. 친구들의 이야기를 들어보면, 대부분의 업계에 거대한 변화가 밀려오고 있습니다. 방송, 출판, 광고, 금융, IT…… 거의 모든 업계의 일하는 방식과 싸우는 상대가 바뀌고 있습니다. 기술과 환경의 변화 때문이겠죠. 이럴 때일수록, '믿음이 하는 판단' 대신 '관심의 눈'이 필요해 보입니다. 신념보다 의심이 필요해 보입니다. Never be a dinosaur. 자신이 가진 것을 믿다가 멸종한 공룡이 되지 않으려면 말이죠. 어쩌면 이건 제 자신에게 부쳐야 할 편지 같은 글이군요.

"똑같은 기차는 단 한 대도 없다."

- 일본의 명광고, JR 광고 캠페인을 담당했던

70대의 카피라이터

한 발 짝 더

시사를 마치고 돌아가는 길이었습니다. TV광고 최종 시사는 굉장히 중요하고, 긴장되는 자리입니다. 몇 달 동안 매달려온 프로젝트가 제대로 완성되었는지를 기업의 최종 의사결정권자에게 확인받는 자리이기 때문입니다. 감독, 배우, 촬영 스태프, 녹음실, 편집실, 광고회사의 담당 팀과 광고주 실무진까지 TV 광고 한 편에 관여하는 사람만 해도 수십 명입니다.

그러니 시사가 깔끔하게 끝나는 것처럼 홀가분한 일도 없습니다. 이제 조금은 숨을 돌릴 수 있겠구나 하는 (물론 금방 배신당할 확률이 높은) 기대도 살짝 고개를 듭니다. 광고가 온에어 되었을 때 사람들의 반응이 괜찮았으면 좋겠다는 생각도 하고요.

그렇게 중요했던 시사가 잘 끝났던 어느 날 아침, 택시를 타고 회사로 돌아가는 길이었습니다. 이런 날은 세상이 내게 좀 더 호의적인 것처럼 보입니다. 햇볕도 좀 더 따사로운 것 같고, 낙엽도 왠지 더 울긋불긋한 것 같고요. 그렇게 '인생은 아름다워' 필터를 끼고 동호대교를 건너던 중이었습니다. 그래서였을까요? 평소 같으면 그냥 '어, 동호대교네', '어, 주황색이네' 하고 건넜을 다리를 그날따라 자세히 살펴보게 됐어요. 그런데 그날 제 눈에 들어온 동호대교는,

괭장히 나이 들어 있었습니다.

저에게 동호대교는, 조성모의 뮤직비디오 '투헤븐To Heaven'에서 오픈카를 탄 이병헌이 지하철 차창에 기댄 김하늘을 발견하고는 액셀러레이터를 밟던 그 다리였습니다. (그리고 그는 무려 김하늘보다 일찍 다음 역에 도착해서 그녀를 기다리죠.) 자동차를 탄 사람과 지하철에 있는 사람이 드물게 눈을 맞출 수 있는 다리. 그래서 저 만화 같은 설정을 만들어준 다리.

그래서 제게 동호대교는 '리얼리즘의 다리'가 아니라 '판타지의 다리'였습니다. 어떤 노래를 들으면 어느 시절이 자연스레 떠오르는 것처럼, 제게 '투헤븐'은 이십대 때 그 노래를 듣던 저

'동호대교' 하면 제 머릿속에 떠오르던 이미지.
하지만 깊이 들여다보니 완전히 다른 다리였습니다.

를 떠올리게 하고, 그래서 동호대교는 제게 실체보다 더 아름답게 기억됐나 봅니다.

그렇게 늘 매끈한 주황으로 기억되던 동호대교의 민낯은 제 머릿속의 이미지와는 많이 달랐습니다. 주황색 철 기둥을 하나하나 들여다보니, 페인트칠이 많이 벗겨져 있었습니다. 색은 제가 기억하던 그 주황보다 훨씬 바래 있었죠. 다리는 한강의 물살을 몸으로 버티고 서서, 아주 느린 속도로 풍화되는 중이었습니다. 오래전 뮤직비디오 속의 환상적인 다리가, 물살을 버티며 제자리를 지키는 다리로 다시 보이더군요. 그건 마치 세상 무서울 게 없었던 스무 살 언저리의 제가, 세상을 제법 알고 견디며 살아가는 지금의 제가 되면서 겪은 변화 같았습니다.

순간, 동호대교가 오랜 친구처럼 느껴지더군요. 어깨라도 두드려주고 싶었습니다. 한때는 집이 근처라서 매일 지나가던 다리였는데, 무심히 흘려볼 때와 유심히 들여다볼 때가 완전히 달랐습니다. 그리고 이런 생각이 들었습니다. 답이 없는 게 아니라 눈이 없는 거구나. 한 발만 들어가도 전혀 다른 세상이 보이는구나.

카피라이터라면 한번쯤 눈여겨보는, 그리고 많은 이들이 동경하는, 일본의 유명한 광고 캠페인이 있습니다. JR Japan Railways 시리즈입니다. 카피의 힘이 정말 좋습니다. 한번 보실까요?

'이 여행이 끝나면, 다음의 내가 시작된다.'

'이 여행이 끝나면, 다음의 내가 시작된다.' 정말 그렇지 않나요? 여행은 나를 들여다보게 하고, 복잡했던 생각을 정리하는 계기가 되어줍니다. 여행은 나 자신과의 대화를 시도하게 하고, 때론 스스로를 냉정하게 평가할 수 있게 합니다. 여행이 삶의 터닝포인트가 되는 경우가 많은 이유가 여기에 있죠. JR 광고 캠페인은 여행의 그러한 속성을 한 줄의 카피로 매력적으로 말하고 있습니다.

또 다른 광고도 있습니다. 광고의 비주얼은 이렇습니다. 지평선을 응시하는 젊은이가 보입니다. 저 멀리서 기차가 오고 있네요. 그는 아마 기차가 데려다줄 세상을 설레는 마음으로 기다리고 있는 것 같아요. 그리고 그 이미지 위에 이런 문구가 쓰여 있습니다. '모험이 부족하면, 좋은 어른이 될 수 없어.' 전 처음에 이 카피를 보고 머리를 한 대 얻어맞은 것 같았어요.

누군가 이렇게 말했다죠. '사람은 성공을 통해 많은 것을 배우고, 실패를 통해 모든 것을 배운다.' 정말 그렇죠. 쉽게 얻은 것이 쉽게 사라지는 것처럼, 어렵게, 간절하게, 좌절하면서 배운 것들은 몸속 깊은 곳에 박혀 쉽사리 사라지지 않습니다. '모험이 부족하면, 좋은 어른이 될 수 없어'라는 짧은 한 줄은 뭐든 쉽게 얻으려고만 했던 저를 돌아보게 하고, 주저하며 망설이던 것들을 저지르게 하더군요.

두 편의 JR 광고 캠페인, 어떠신가요? 당장 기차표를 끊고 역으로 달려가고 싶게 만드는 카피들 아닌가요? 문장 하나하나에 여행에 대한 깊은 통찰들이 담겨 있습니다. 깊이감 있는 카피는 일본 광고의 특징 중 하나입니다. 그건 아마 일본 광고업계의 조직 구조와 관련이 있을 것 같아요.

일본은 나이 많은 카피라이터나 아트 디렉터가 크리에이티브 디렉터가 되지는 못해도, 카피 장인으로서, 아트 장인으로서 맡은 바 영역에서의 전문성을 인정받는 편이라고 들었습니다. 그러니 백발의 카피라이터가 현직으로 일하고 있고, 그들이 살아낸 인생의 깊이가 카피에 고스란히 반영되는 거죠. 부러운 문화입니다. 그렇게 70대 노장 카피라이터가 앞서 보여드린 JR 광고 캠페인의 카피를 썼다고 합니다. 그분은 이런 말도 하셨다고 하네요.

똑같은 기차는 단 한 대도 없다.

어디선가 저 문장을 보고 너무 좋아서, 한동안 제 자리의 파티션에 붙여놓고 매일매일 쳐다봤던 기억이 납니다. (그리고 아직도요.) 지금도 기차는 지나갑니다. 누군가는 '어, KTX네' 하고 그 기차를 보냅니다.

그러나 누군가는 기차 안에 타고 있는 사람들을 상상해봅니다. 가상의 기차 안으로 한 발짝만 들어가볼까요? 면접 보러 서울에 갔다가 빈손으로 돌아오는 씁쓸한 스무살이 있습니다. 결혼을 결심하고, 부모님께 첫인사를 드리러 가는 가슴 떨리는 커플도 있네요. 원거리 연애 중인 한 여자가 있는가 하면, 무슨 일 때문인지 막 가출한 고등학생도 타고 있습니다.

정말, 똑같은 기차는 단 한 대도 없는 거죠. 속도의 관점에서 보면 KTX와 새마을호와 무궁화호로 분류되겠지만, 타고 있는 사람의 이야기라는 관점에서 들여다보면 좌절과 설렘과 떨림과 분노 같은 수많은 감정들이 달리고 있는 거죠. 500명이 타고 있다면, 500대의 기차가 달리고 있는 겁니다. 한 발짝 들어가보는 것만으로도 이렇게 달라지는 거죠.

대부분의 사람들이 멈추는 지점에서 한 발 더 들어가보는 것. 쉽게 만족하지 않는 것. 각 분야의 대가들에게서 자주 발견되는 특징입니다. 종군 사진기자로 세계적인 명성을 얻은 로버트 카파는 이런 말을 한 바 있습니다. '당신의 사진이 만족스럽지 않다면, 충분히 다가서지 않았기 때문이다.'

종군 사진기자란 그야말로 전쟁터의 한가운데에서 총 대신 카메라를 들고 다니는 사람입니다. 살기 위해서라면 자신의 안

로버트 카파, 〈어느 인민전선 병사의 죽음〉, 1936년 10월, 스페인 코르도바.

전이 보장된 위치에서 셔터를 누르는 게 맞을 겁니다. (이것도 사실 굉장히 위험한 일이겠지만요.)

그런데 카파는 그렇게 하지 않았습니다. 그의 사진을 보면, 그는 전장의 군인들과 똑같은 동선에 서 있었던 걸로 보입니다. 다가서지 않았다면 결코 얻을 수 없는 사진들입니다. 불행히도 카파는 인도차이나 전쟁을 취재하다 베트남에서 지뢰를 밟고 사망했다고 합니다. 하지만 늘 한 발짝 더 들어가 찍었던 그의 사진은 불멸의 존재가 되었죠.

노트를 뒤적이다가, 영국 유학 시절 어디선가 읽고 받아 적은 것으로 보이는 메모를 발견했습니다.

The best copywriters are not always the ones with the highest ability. But the ones with the highest standards.

'최고의 카피라이터가 항상 최고의 능력을 가진 자는 아니다. 때론, 최고의 기준을 가진 자가 바로 최고의 카피라이터다'라는 말이군요. 네. 결국은 기준입니다. 내가 어느 정도 선에서 만족할 것인가. 남들이 모두 멈추는 지점이 그 기준인가. 아니면 만족은 뒷일로 미루고 한 발짝 더 들어가볼 것인가.

인생은 쉽게 만족하고, 쉽게 감동하며, 기어이 일상에서 아름다움을 발견하는 사람에게 더 많은 기쁨을 선물합니다. 하지만 일에 있어서는 그 반대 방향이 맞을 겁니다. 기준을 높은 곳에 둘수록, 쉽게 만족하지 않을수록, 남들이 멈추는 지점에서 멈추지 않을수록, 한 발짝 더 들어갈수록.

의외로 답은, 거기 숨어 있을지도 모릅니다.

에필로그

생각의 품에 안겨 살아가는 당신에게

제가 하는 광고 일은, 생각하는 일입니다. 먼저 해결할 문제가 무엇인지를 생각합니다. 그 뒤엔 다양한 분야의 전문가들이 모여, 그 문제에 대한 생각의 최대치를 내놓습니다. 그리고 그 내용들을 정리해서 광고라는 형태의 '생각의 덩어리'를 만듭니다. 그 덩어리가 충분히 매력적이고 효과적일 때, 사람들의 생각이 움직이고, 물건이 팔립니다.

몇 달 전만 해도 보잘것없었던 A4용지 위에 적힌 한 줄의 문장에 다양한 전문가 집단의 노하우가 더해지고, 그것이 점차 형체를 얻고, 목소리를 얻고, 멋진 스타일을 얻어 세상에 나올 때. 그리고 그 광고가 사람들의 생각을 움직이는 것을 목격했을 때의 기쁨은 꽤 근사합니다. 제가 일을 하면서 겪는 '생각의 기쁨' 입니다.

누군가 제게, 매번 새로운 생각을 해야 하는 일이 뭐가 그리 좋으냐고 묻는다면, 저는 이렇게 대답할 겁니다.

1.

생각하는 일은, 매력적인 일입니다. 생각은 성별이나 나이를 묻지 않습니다. 제가 하는 일을 예로 들어볼까요? 광고회사는 대체로 다른 조직보다 민주적이라거나, '꼰대'가 상대적으로 적다는 평을 받습니다.

그 이유는 아마도, 평가의 기준이 선명하기 때문일 겁니다. 회의 시간에 던지는 말 한 마디, 카피라이터가 내놓은 카피 한 줄에는 직급이 적혀 있지 않습니다. 좋으면 박수를 받고, 별로일 땐 침묵을 견뎌야 합니다. 그동안 쌓아 올린 경력 뒤로 숨을 수 있는 기회도 그리 많지 않습니다.

매번 자신을 증명해야 한다는 것은 굉장히 피곤한 일이지만, 반대로 매번 새로운 방식으로 답을 찾아야 하기에 지루할 틈이 없다는 말이기도 합니다. 그래서 생각의 영역에서는, 경험자의 노하우만큼 초심자의 새로움도 대접받습니다.

2.

생각해보면, 세상에 생각에서 시작되지 않은 일은 없습니다. 오늘 당신이 마신 커피는 언제 커피콩을 수확하면 커피가 가장 향기로울지를 고민해온 콜롬비아 농부의 판단과, 에스프레소라는 커피 추출 기법을 떠올린 이탈리아 사람의 아이디어와, 당신의 사무실 근처에 당신의 취향을 저격하는 인테리어로 커피 가게를 열어보겠다는 한국 사장님의 결단이 만들어낸 한 잔입니다.

당신의 주머니 속 스마트폰은 '단순함은 궁극의 정교함'이라는 스티브 잡스의 생각과, 수많은 IT기업에 다니는 수재들이 밤을 낮처럼 밝힌 채 일하며 만든 어플리케이션이라는 생각과, 헬로키티 케이스를 끼워 깜찍함을 어필하겠다는 당신의 생각이 모여 만든 결과물입니다.

우리는, 생각의 품에 안겨 살아가는 중입니다.

3.

처음부터 대단한 생각은 없습니다. 아주 작은 생각도 큰 생각의 불씨가 됩니다. 루게릭병 환자를 돕기 위해 시작된 아이스 버킷 챌린지Ice Bucket Challenge를 기억하시나요? SNS에 누군가 얼음이 가득 담긴 양동이를 뒤집어쓰는 퍼포먼스 사진이나 영상을 올리고, 다음 참가자 세 명을 지목합니다. 지목된 사람은 똑같이 얼음 양동이를 뒤집어쓰거나, 루게릭병 환자를 위한 기금에 100달러를 기부합니다. 미국에서 시작된 이 퍼포먼스는 우리나라에서도 꽤 많은 사람들이 참여했고, 심지어 9시 뉴스에 나올 정도로 화제가 됐던 캠페인이었습니다. 이 캠페인을 만든 사람의 입장에서 한번 생각해볼까요?

발상의 초기 단계에서는, '루게릭병 환자의 고통을 사람들이 대신 느껴보면 어떨까?' 하는 생각이 있었을 겁니다. 이어서 얼음물에 닿았을 때 근육이 수축되는 것과 같은 루게릭병의 증상을, 아이스 버킷을 뒤집어쓰는 행위로 표현해보자는 생각이 더해졌을 겁니다.

그리고 일단 퍼포먼스가 끝나면, 다음 순서로 릴레이를 이어갈 세 명을 지목하자는 생각이 있었을 겁니다. 희귀병의 고통을 얼음물을 뒤집어쓰는 것으로 환기시키자는 발상도 굉장히 창의적이지만, 이 캠페인을 전 세계에 퍼지게 한 건 다음 참가자 세 명을 SNS상에서 지목하게 하자는 단순한 아이디어라고 봅니다. 찻잔 속의 태풍에 그쳤을 일을, SNS라는 바다 위로 올려놓은 거죠.

사소한 생각이 큰 변화를 가져온 사례는 제가 하는 일에서도 쉽게 찾을 수 있습니다. 배경음악의 톤을 전혀 다른 종류의 것으로 바꿨더니 광고의 파괴력이 달라지는 일은 셀 수 없을 정도입니다. 광고 속에 등장하는 문자들의 서체와 크기만 정교하게 다듬어도 전체적인 인상이 완전히 달라지는 일도 많습니다.

승부는 사소한 것에서 결정납니다. 잘된 캠페인을 돌아보면 결국은 아주 사소한 지점들을 사소하지 않게 생각한 결과더군요. 카피라이터는 사소한 한 단어를 더 좋게 바꾸고, 아트 디렉터는 보통 사람의 눈에는 별 차이가 없는 레이아웃을 집요하게 손봅니다. 녹음실에서는 비주얼이 등장할 때 나오는 효과음을 더 매력적인 것으로 바꾸고, 편집실에서는 그 효과음이 나오는 장면을 0.5초 더 당깁니다. 이런 사소한 것들의 합이 불러오는 변화는, 절대 사소하지 않습니다.

4.

생각하는 데엔 돈이 들지 않습니다. 노트와 연필만 있어도, 커피 한 잔과 스마트폰 메모장만 있어도 우리는 자유롭게 생각의 바다로 떠날 수 있습니다.

생각하는 데엔 공간의 제약도 없습니다. 신영복 선생의 『감옥으로부터의 사색』은 감옥에서 재소자에게 하루에 두 장씩 제공되는 똥종이(휴지) 위에 쓰인 글들을 엮어 만들어졌습니다. 황소 그림으로 유명한 이중섭 화백은 종이 한 장을 살 수 없을 정도로 궁핍했던 시기, 담뱃갑 속 종이를 긁어 그 위에 그린 그림을 일본에 있는 아내와 아이에게 보내곤 했습니다. 그것이 그 유명한 '은지화'입니다.

대단한 생각의 대부분이 대수롭지 않은 공간에서 태어났다는 사실은 그다지 놀라운 이야기도 아닙니다. 아르키메데스가 유레카를 외친 욕조나, 뉴턴으로 하여금 물리학의 역사를 바꾸게 한 사과나무조차도 후대에 추가된 극적인 무대장치가 아닌가 싶을 정도입니다. 사실, 지금도 수많은 아이디어들이 누군가의 샤워부스나 꽉 막힌 출근길 핸들 앞에서 태어나는 중입니다.

5.

혼자 하는 생각도 재미있지만, 여럿이 나눈 생각이 화학반응을 일으켜 전혀 새로운 것으로 태어날 때의 쾌감도 상당합니다.

팀 차원에서 아이디어를 낼 때, 아이디어를 완성한 채로 회의실 탁자에 올려놓고, 팀장이 그 완성도에 따라 안을 고르는 팀도 많죠. 그게 쉽고 편안하기 때문일 겁니다.

하지만 그 방식의 단점은, 가장 아이디어를 잘 내는 팀원의 최대치가 바로 팀 전체 아이디어의 최대치가 된다는 겁니다. 게다가 완벽한 무엇이 나올 때까지 세 번, 네 번 회의를 계속 해야겠죠. 야근과 주말 근무는 그렇게 시작됩니다.

경험에 비추어 보면, 처음엔 평범해 보이던 아이디어가 감이 좋은 여러 사람의 의견이 더해지면서 전혀 다른 아이디어로 태어나는 경우도 상당히 많습니다.

저희 팀에서는 ABC마트의 연말결산 세일 광고를 만들면서 '올 한 해 열심히 달린 세상의 모든 발들에게, ABC마트가 선물합니다'라는 카피를 붙인 적이 있습니다. 이 아이디어의 시작은 당시 저희 팀 아트 사원이 쓴 '세상의 모든 발들은 달리고 있다'라는 한 줄이었습니다. 발들이 뭔가를 이루기 위해 한 해 동안 열심히 달리고 있다는 관점이 좋았는데, 비주얼을 완벽하게 잡지 못해 버려질 뻔한 아이디어였죠.

하지만 팀 카피라이터가 문장의 구조를 바꾸고, 아트 디렉터 선임이 비주얼적인 요소를 살짝 더해주니 순간 괜찮은 아이디어로 바뀌더군요. 그렇게, 팀원 개개인의 생각이 그냥 물리적으로만 더해졌을 때에는 절대 만들어질 수 없던 것들이, 여럿의 화학반응을 거치면서 만들어지곤 합니다. 종종 '그분이 오셨다'는 표현을 쓰는 그 순간. 그 짜릿함을 한 번 경험한 뒤로는 자꾸 그 순간을 기다리게 됩니다.

6.

생각에는 밀당의 매력이 있습니다. 아이디어가 나올 듯 나오지 않을 때가 있죠. 그럴 땐 정말 크리에이터로서의 자존감이 바닥을 뚫고 지하주차장까지 내려가는 듯한 기분이 들곤 합니다. 하지만 이 감정도 영원하진 않죠. 가끔 괜찮은 생각이라도 떠오르면, 진지하게 '나는 천재가 아닐까' 고민하게 됩니다.

수학 공식처럼 아이디어의 발상에도 공식 같은 게 있어서 내가 늘 이 일을 잘할 수 있다면, 오히려 금방 지겨워질 겁니다. 반대로 늘 못한다면, 금방 그만둘 수라도 있을 겁니다.

그런데 생각의 과정은 그렇지 않습니다. 성공의 확률과 비슷한 빈도로 실패가 (실은 성공보다 훨씬 더 잦은 실패가) 예정되어 있다는 사실은 고통스럽지만, 그만큼 매력적입니다. 서로를 애태우는 '썸남 썸녀'처럼 말이죠.

7.

테슬라의 엘론 머스크나 애플의 스티브 잡스, 페이스북의 마크 저커버그처럼, 강력하고 근본적인 생각의 힘으로 세상을 바꿔나가는 이들의 모습을 보는 것은 커다란 희열을 줍니다. 내가 그렇게 살지 못하고 있기 때문이고, 어쩌면 내 작은 생각 속에도 저런 불씨가 숨어 있을지 모른다는 희망 때문이기도 합니다.

8.

법정 스님은 이렇게 말씀하셨다고 하죠. '인간의 목표는 풍부하게 소유하는 게 아니라, 풍성하게 존재하는 것이다.' 풍성하게 존재하는 방법은 뭘까요? 감히 법정 스님의 화두에 글로 대답할 수준은 아니지만, 어렴풋이 이런 생각이 듭니다.

남들과 같은 걸 봐도 좀 더 유심히 보고, 더 깊고 온전하게 느끼고, 그걸 좋아하는 사람들과 나누는 것. 어쩌면 생각의 기쁨은, 인생이라는 험로 구석구석에 숨어 있는, 당신의 발견을 기다리며 웅크리고 있는, 누구에게나 허락된 사치가 아닐까요?

9.

생각의 힘에 대해 제가 들었던 가장 강력한 말은 붓다의 입으로부터 나왔습니다.

현재의 내 모습은, 과거 내 생각의 결과다.

생각은 이렇게도 힘이 셉니다. 한 사람의 인생을 온전히 바꿀 만큼 말이죠. 생각해보면, 오늘의 행복도, 어제의 혁명도, 내일의 변화도, 모두 생각에 깊숙이 뿌리박고 있습니다.

생각의 품에 안겨 사는 우리 모두에게, 생각이 주는 기쁨이 더 크게, 더 자주 찾아왔으면 좋겠습니다.

유병욱 인스타그램 @yoo_byoung_ook

순간적인 재치보다 깊은 생각에서 비롯된 문제 해결이 광고의 진짜 매력이라고 생각하는 22년차 카피라이터. 현재는 광고회사 TBWA KOREA에서 크리에이티브 디렉터로 일하고 있다.

서울대학교 인류학과를 졸업하고, 런던 웨스트민스터대학교에서 마케팅커뮤니케이션 석사학위를 받았다. 글로 먹고살 수 있는 직업이라는 이유로 망설임 없이 카피라이터라는 직업을 선택했고, 쉬지 않고 쓰다 보니 사람들이 들어봤음직한 카피들도 썼다. e편한세상 '진심이 짓는다', SK브로드밴드 'See the Unseen', SK텔레콤 '생각대로 해 그게 답이야', 비너스 '문제는 가슴이 아니라 브라다', 신한금융투자 '너 이름이 뭐니' 같은 광고를 만들었고, SBS 슬로건 '함께 만드는 기쁨'을 썼다.

시디즈 '의자가 인생을 바꾼다' 캠페인으로, 오직 광고의 마케팅적인 효과만으로 평가받는 에피 어워드 코리아Effie Awards Korea에서 그랑프리를 받았다. ABC마트 '세상에 없던 신발' 캠페인으로 한국에서는 처음으로 페이스북 어워드Facebook Awards 글로벌 위너 상을 수상했으며, e편한세상 '진심이 짓는다' 광고로 대한민국 광고대상 동상과 TVCF 어워드 캠페인 대상을 받았다.

생각하고, 문장을 모으고, 가끔은 그럭저럭 괜찮은 문장을 쓰는 기쁨에 산다. 지은 책으로 『생각의 기쁨』, 『평소의 발견』, 『없던 오늘』이 있다.

생각의 기쁨

1판 1쇄 2017년 7월 21일 | **1판 12쇄** 2023년 7월 11일

지은이 유병욱 | **펴낸이** 김정순 | **책임편집** 한아름 | **디자인** 김진영
마케팅 이보민 양혜림 정지수 | **펴낸곳** (주)북하우스 퍼블리셔스
출판등록 1997년 9월 23일 제406-2003-055호
주소 04043 서울시 마포구 양화로 12길 16-9(서교동 북앤빌딩)

전자우편 editor@bookhouse.co.kr | **홈페이지** www.bookhouse.co.kr
전화번호 02-3144-3123 | **팩스** 02-3144-3121

ISBN 978-89-5605-730-9 03810